徐坤小传

徐坤，辽宁沈阳人，1965年生。1982年考入辽宁大学中文系。在校期间奋发向上，继学士学位后又于1989年获得文学硕士学位。1990年进入中国社会科学院亚洲太平洋研究所工作。

1992年开始从事小说创作。1993年中篇小说《白话》一经发表便名声大噪。随后《先锋》《热狗》《斯人》《呓语》《鸟粪》《梵歌》等一系列描写知识分子的小说，以其辛辣、机智幽默的笔调，尖锐的批判锋芒，引起了各方的广泛关注。1996年进入中国社科院文学所。不幸的是，此一时期与丈夫维持十年之久的婚姻宣告破裂。离婚的痛苦一度使她备受煎熬，并使她对婚姻、爱情、女性生存等许多社会人生问题有了更深的思考，都市女性的生存困境与精神世界成为徐坤自知识分子之后新的关切。《女娲》《厨房》《狗日的足球》《遭遇爱情》《含情脉脉水悠悠》通过对女性的一系列情感遭遇的描写，对以男性、男权文化为中心的社会现实进行了有力的嘲讽。2000年开始攻读中国社科院文学博士学位，并参加首届中青年作家高级研讨班。2003年博士毕业后，即调入北京作家协会做专业作家。长篇小说《爱你两周半》《野草根》《八月狂想曲》、话剧剧本《青狐》、话剧《性情男女》《金融街》等一系列作品应运而生。经历了世事沧桑的徐坤，创作视野愈发广阔，技法更为圆熟，语调也渐趋平和。在小说创作之外，徐坤还创作了许多优秀的散文随笔集《春上明月山》《网上有人》《我的人生笔记》等。

斐然的创作实绩带来了各种奖项的纷至沓来。《厨房》获第二届鲁迅文学奖，《八月狂想曲》获中宣部第十一届"五个一工程"优秀图书奖，随笔《沈阳的美丽与哀愁》获《人民日报》优秀散文随笔奖。不仅如此，徐坤的作品还多次获《小说月报》读者评选"百花奖"，获得《中国作家》《人民文学》《小说选刊》等评选的优秀小说奖。徐坤本人曾获首届冯牧文学奖，首届女性文学成就奖，第九届庄重文文学奖，等等。部分作品被翻译成英、德、法、俄、日语等在海外出版。

本册主编 吴义勤

总主编 何向阳

百年中篇小说名家经典

BAINIAN
ZHONGPIAN
XIAOSHUO
MINGJIA JINGDIAN

徐坤 著

白话
BAI HUA

河南文艺出版社
·郑州·

一种文体与
一百年的民族记忆

何向阳 （丛书总主编）

　　自 20 世纪初，确切地说，自 1918 年 4 月以
鲁迅《狂人日记》为标志的第一部白话小说的
诞生伊始，新文学迄今已走过了百年的历史。
百年的历史相对于古老的中国而言算不上悠
久，但 20 世纪初到 21 世纪初这个一百年的文
化思想的变化却是翻天覆地的，而记载这翻天
覆地之巨变的，文学功莫大焉。作为一个民族
的情感、思想、心灵的记录，从小处说起的小
说，可能比之任何别的文体，或者其他样式的
主观叙述与历史追忆，都更真切真实。将这一

百年的经典小说挑选出来，放在一起，或可看到一个民族的心性的发展，而那可能被时间与事件遮盖的深层的民族心灵的密码，在这样一种系统的阅读中，也会清晰地得到揭示。

所需的仍是那份耐心。如鲁迅在近百年前对阿Q的抽丝剥茧，萧红对生死场的深观内视，这样的作家的耐心，成就了我们今天的回顾与判断，使我们——作为这一古老民族的每一个个体，都能找到那个线头，并警觉于我们的某种性格缺陷，同时也不忘我们的辉煌的来路和伟大的祖先。

来路是如此重要，以至小说除了是个人技艺的展示之外，更大一部分是它对社会人众的灵魂的素描，如果没有鲁迅，仍在阿Q精神中生活也不同程度带有阿Q相的我们，可能会失去或推迟认识自己的另一面的机会，当然，如果没有鲁迅之后的一代代作家对人的观察和省思，我们生活其中而不自知的日子也许更少苦恼但终是离麻木更近，是这些作家把先知的写下来给我们看，提示我们这是一种人生，但也还有另一种人生，不一样的，可以去尝试，可以去追寻，这是小说更重要的功能，是文学家个人通过文字传达、建构并最终必然参与到的民族思想再造的部分。

我们从这优秀者中先选取百位。他们的目光是不同的，但都是独特的。一百年，一百位作家，每位作家出版一部代表作品。百人百部百年，是今天的我们对于百年前开始的新文化运动的一份特别的纪念。

而之所以选取中篇小说这样一种文体，也是出于这个原因。

中篇小说，只是一种称谓，其篇幅介于长篇小说和短篇小说之间，长篇的体积更大，短篇好似又不足以支撑，而介于两者之间的中篇小说兼具长篇的社会学容量与短篇的技艺表达，虽然这种文体的命名只是在20世纪的七八十年代才明确出现，但三四十年间发展迅速，其中的优秀作品在不同时期或年份涵盖长、短篇而代表了小说甚至文学的高峰，比如路遥的《人生》、张承志的《北方的河》、莫言的《透明的红萝卜》、韩少功的《爸爸爸》、王安忆的《小鲍庄》、铁凝的《永远有多远》等等，不胜枚举。我曾在一篇言及年度小说的序文中讲到一个观点，小说是留给后来者的"考古学"，它面对的不是土层和古物，但发掘的工作更加艰巨，因为它面对的是一个民族的精神最深层的奥秘，作家这个田野考察者，交给我们的他的个人的报告，不啻是一份份关于民族心灵潜行的记录，而有一天，把这些"报告"收集起来的我们会发现，它是一份长长的报告，在报告的封面上应写着"一个民族的精神考古"。

一百年在人类历史上不过白驹过隙，何况是刚刚挣得名分的中篇小说文体——国际通用的是小说只有长、短篇之分，并无中篇的命名，而新文化运动伊始直至 70 年代早期，中篇小说的概念一直未得到强化，需要说明的是，这给我们今天的编选带来了困难，所以在新文学的现代部分以及当代部分的前半段，我们选取了篇幅较短篇稍长又不足长篇的小说，譬如鲁迅的《祝福》《孤独者》，它们的篇幅长度虽不及《阿 Q 正传》，但较之鲁迅自己的其他小说已是长的了。其他的现代时期作家的小说选取同理。所以在编选中我也曾想，命名"中篇小说名家经典"是否足以囊括，或者不如叫作"百年百人百部小说"，但如此称谓又是对短篇小说的掩埋和对长篇小说的漠视，还是点出

"中篇"为好。命名之事,本是予实之名,世间之事,也是先有实后有名,文学亦然。较之它所提供的人性含量而言,对之命名得是否妥帖则已显得不那么重要了。

值此新文化运动一百年之际,向这一百年来通过文学的表达探索民族深层精神的中国作家们致敬。因有你们的记述,这一百年留下的痕迹会有所不同。

感谢河南文艺出版社,感动我的还有他们的敬业和坚持。在出版业不免受利益驱动的今天,他们的眼光和气魄有所不同。

2017 年 5 月 29 日 郑州

目录

001

白话

073

先锋

143

厨房

171

解构与超越
——徐坤小说简论
吴义勤

一

"同志们，在座的青年朋友们，大家辛苦了。"

我以青年点组长的身份，把归我管辖的十几个兵召集到一起，总结下乡锻炼一个多月来的工作。

"下来这么久了，我们还处在孤立状态，没能和当地群众打成一片，同志们议一议，症结究竟在哪里。"

"我们层次太高了。"王京东首先发难，"以前那些下放的知识分子，最高的也只得过学士学位，我们这里却是清一色的博士和硕士，所以很难同当地人民在同一基准上对话，无法沟通思想。"

"听出来了吗？听出来了吗？典型的小资产阶级知识分子腔调，一派自以为是、高高在上的意味。"博士在一旁打断王京东的话。

王京东的脸色变得很难看："博士，尽管你是我们这一群中唯一的博士，总有鹤立鸡群的良好感觉，但是你应该比我们更清楚，学术论争不允许扣帽子打棍子，提倡百家争鸣……"

"刚刚开了个头就窝里斗起来了。借学术论争互相贬损人格的传统还不应该在我们这代知识分子手中摒弃吗？优点没学多少，倒把痛打乏走狗的风格全继承下来了。"我拦住他们俩。

"说了半天，你们根本不知道症结在哪里。"小林丫头把我台灯座上插着的我老婆的照片反复端详着，不住地开关台灯，弄得我老婆充满微笑特写的脸上忽明忽暗，黑一块白一块的。

"你们都想想，你们都在用什么语言说话？书面语！难怪不能获得大众的认同，不能被接受被理解，反而被人民当成国宝远距离地欣赏和品味，实在是因为这一群人已经丧失了用口语表达自己思想感情的能力。"

众人听了，不觉一怔。会场上出现了暂时的寂静。稍许，只听见帕帕拍脑门子的声音此起彼伏，个个如醍醐灌顶：

"对呀对呀，我们怎么没想到。"

"到底是语言所的，一语中的。"

"问题的端倪一显露出来，我的心情平静了许多。"博士沉思着，"这些天来，我跟工农相结合的愿望很急切，但是总无法落实到行动上。我心里十分痛苦，十分焦灼。我跟所在锻炼单位的同志们对话时，他们显得非常沉寂，用一双双仰慕的空洞的眼睛望着我，我每每说出话来，都变成了引不起任何回响的乏味的独白。"

"没错，我也被同类问题烦扰过。"王京东摩挲着自己的后脑勺，"我苦思冥想了许久，检查了自己向工农学习的思想态度和谦虚程度，发现都不存在什么问题。我没有想到是语言造成了信息交流系统的障碍。"

"那么我们现在应该怎么办？"李扎西尔汗的眯缝眼中透出迷惘的神色。

"改用白话。在日常生活中，摒弃书面语，改用口语交谈。"

小林提出建议。

"对对，这就好了，这就好了。"众人一致附议，"我们立马就改。"

"就是嘛。"小林语气中透着股文章发表后引起轰动的得意劲儿，"当年咱们的大师们费了多大劲儿才掀起一场白话文运动，让人与人之间交流不再之乎者也地拗口，想骂人想夸人都能不假思索脱口而出。咱们政府呢，左一次文字改革右一次文字改革，把繁体字改成简化字，去掉多余的笔画，恨不能只剩了偏旁，又顺应咱们眼睛左一个右一个横向分布的要求，把竖版改成横版，为的什么呀？你们说，为的什么呀？"

"我们太对不起国家了。"李扎西尔汗沉痛地说，"六七十年了，怎么又回到老路上去了呢？之乎者也是不用了，但是新添了外来语和长句式，难度似乎比古汉语还加大了许多呢。你们汉族，真复杂。"

"其实，连我们自己也觉得滞重、生涩。"王京东很伤心，"但是，这是当今的时尚啊！不这样，我们哪还有资格在社会科学界占有立足之地呢？"

我果断地打断王京东："一种时尚的形成，并非仅是一两个人的兴风作浪，而是千百万人推波助澜的结果。所以，在座各位都有推卸不掉的责任。有必要把被扭曲的风气重新扭正过来。当务之急，是尽快打通跟当地人民思想感情交流的渠道，掀起一场白话运动。"

"我没问题。"博士说，"本来我就是劳动人民出身。我家三代雇农，房无一间，地无一垄，到了我这辈才祖坟冒了青烟，出了个读书人。俗语俚语歇后语口头语我全会，赵本山也得甘拜下风。只不过这十几年憋在学校里没个尽情宣泄的语境氛围。我随时都能返璞归真。"

"其他人呢？有什么问题没有？怎么说也都是生在红旗下，长在蜜糖中的一代，全是靠劳动人民辛勤的汗水养大的，不至于就忘本了吧？"

众人一致说："没问题，没问题。就凭我们的智商，那么多次考试都挺过来了，再高的学位也敢拿到手，白话嘛，小事一桩。给我们几天时间复习复习，突击一下。"

"京东，你怎么样？"我不无疑虑地问，"你出身比较高，说老百姓的话难度大点吧？"

"'文革'时没事干，也净跟街上的孩子们野来着。再粗的话也听过，就是有时说不出口。"

"不要紧，慢慢适应。"我又转向李扎西尔汗，"你呢，小李子？"

"我使用什么白话好？"

"当然是汉族的。"

"越粗越好吗？"

"胡说，越通俗越好，越平白浅易越好。通过交流，最后要达到心贴心，肉连肉，你中有我、我中有你的境地。"

我站起身，挥了挥手："同志们，大家马上分头行动吧！希望你们尽快进入角色。"

"是！保证轰轰烈烈，扎扎实实。"

众人满怀信心地散去。

二

博士总以为他比我们这帮硕士高出点什么，经常没事找事，非得惹出些麻烦来才肯罢休。他本该跟讲师团一道下乡扶贫，正巧那会儿他老婆生孩子，他就死活赖着没走。但是躲过了初一，躲不过十五。所里要安排他出国进修，就因为缺少这一课，被院人事局给卡下来了。他这才得知利害，快快不快地跟着我们这一批人发配冀中农村。来了不到两个月，他就偷跑回京四次，好像只有他怀念妻儿。

如果他光是关在屋子里跟老婆缱绻绵绵柔肠寸断倒也罢了，他偏偏在研究生院里乱晃，挺粗壮的腰身，到哪儿都显眼。 而且每次还都跑回所里去胡侃，就那么一幢大楼，谁都瞧见了。

这是一个既主张论资排辈又强烈渴望机会均等的单位。于是就有人愤愤不平，电话里质问人事局：你们逼我们所把该下放的人都赶尽撵绝，××所的××为什么仍在楼里出没？ 人事局长有些尴尬，做了一些搪塞性解释，然后一个长途打到下放总部，责成带队的伊腾处长严肃查处此事。

伊腾处长带着晴转多云的脸，坐着大"红旗"轿子，呼呼呼从另外一个县直扑过来。

倒退个十几二十年，大"红旗"可就像今天的"奔驰"一样身份显赫。 虽然已时过境迁，多数车已遭淘汰，但还有个别的仍在岗位上鞠躬尽瘁，余威不减当年。 尤其是在小县城里，谁也猜不透车主人的身份，那些"丰田""大众""吉普""手扶"都纷纷让路。 院里把这种车派下乡供我们领队驱使，足见其用心良苦。

李扎西尔汗在县城东头那个检查站，向过往车辆收费。这一段公路是本县人民自筹资金修建的，所以，私下里收点买路钱也属正常"创收"。

小李子没发育充分的身体裹在肥大的交通警服里，屁股后边还挂了根电棍，一副非驴非马的打扮，镜片后边的一对小眼睛怯生生地骨碌碌不着边际地游移，不敢跟司机对视，没有一点占山为王的横劲儿。 他的声带好像还没变完音，尖里尖气的，强吼着嗓子装腔作势："站住！ 哪部分的？"

"你是干啥子的？"司机斜睖着小李子。

"我……"小李子嗫嗫嚅嚅，舌头不大好使，回头求援似的寻找交通队的同伴。那个黑红脸膛的同事收完另一辆车的款，迈着方步走过来。

"他是干啥子的你还敢问？告诉你，他就是专门干你的。你哪个县的？再嘴欠别说我罚你。"

"是是是……"司机边掏钱边纳闷地瞟着一旁幸灾乐祸的小李子，感到非常困惑。

"李子，累了吧？进棚子里歇歇，忙乎一上午了，喝口水。"

"不好意思累。"小李子操着一口地道的少数民族汉语。

"李子，听说你是研究什么'叔'的？"

"民俗。"

"你看俺们这儿有民俗没？"

"我不研究汉人。"

"那没用了。俺们县连一户少数民族都没有，有两户满族早在大清一灭就改汉族了。"

"没有关系。我研究自己。"

"派你们到俺们这儿来干什么？"

"向群众学习，锻炼思想。"

"行。学吧。练吧。俺这儿从来没过大学生劫道的呢。"

　　"报告队长，鬼子进村了。"小李子在电话里尖声尖气地喊。

　　"一共来了多少人？"我忙问。

　　"除了伊腾，还有司机阿健。"

　　"知道了。继续监视。"

　　"是。遵命。"

　　放下电话，我感到全身一阵紧张，头皮直发麻。以往伊腾都是在电话里布置工作，月底再将各县青年点组长召集到总部所在县，通通情况，汇报总结。今天连个招呼都没打就突然闯来，其中必有蹊跷。

　　我给凡有我们人在的单位都通了电话。告诉大家晚饭后一律不准到处走动，原地待命，"最高指示"正在途中。

　　电话刚放下，伊腾领队已经一脚跨进了门。跟办公室的人打过招呼，我把他让到隔壁临时给我间壁起来的宿舍。

　　"苏凡，博士回北京跟你请过假没有？"伊领队一开始就黑着脸。

　　是博士惹事了。我松了一口气，甚至有点幸灾乐祸。他他妈的会跟我请假？什么时候他把我放在眼里过？不如借机会整他一回，让他总目中无人！

　　"没有。我不知道他回过北京。"

　　话一出口，我又有些后悔。都是离了娘的孩子，何必相互残杀呢？保护同志要紧。

　　于是我赶紧补上一句填补的话："博士有严重的胃溃

疡，需要不停地吃'三九胃泰'。 乡下医院没有这药。"

"据我们调查，两个月中他回北京四次，不是单位派的公差，也没经组长和领队批准，影响很坏。"

"是……这样？ 噢，这真是我的失职，平时对他关心不够，工作不够细致。"

"你准备怎样处理这件事？"领队投来征询的目光。

若是以为他真在征求我的意见，那可就太傻了。 要征询也是在电话里征询了，何必还跑这么大老远。 他那眼睛后面藏着的狡黠，早就被我一眼看穿了。 人家领导这是考验我玩呢。

我也不含糊："先找他本人对证，批评教育，依照他认错的态度进行处理。 尽量做到杀一儆百，重点是杀鸡给猴看，提高革命队伍的组织性、纪律性。"

"好。 立刻召开全体会。"

"我马上就去通知，顺便让食堂大师傅给炒俩好菜，晚饭您就在我们这儿凑合一顿。 真的，伊领导，别的县的饭您都吃过了，就没在我们这儿吃过，您可不能太偏心眼儿，净向着别人。"

"好好好，就这么办吧。"伊腾处长的脸上终于浮现出一丝难得的笑意。

我又打了一圈儿电话，吩咐各人把吃饭的家伙都带上，路过小酒馆时每人再捎来一两个菜。 我又特别叮嘱博士："你的罪行已经全部暴露了，摆在你面前的只有一条路——

坦白从宽。 而且你引狼入室，我们成了表现不好的青年点，领队说以后要常来关心我们。 谁再想逃跑超假不归之类的都已不大可能。 博士你说，你净顾自己享乐，你对得起我们这些拴在一个藤上的苦瓜吗？"

博士在电话里还大大咧咧地满不在乎，大着嗓门嚷："苏凡你放心，待会儿我去跟伊领队讲清楚。 我一人做事一人当，决不连累大家伙儿。 我理由充分，看他伊腾能奈我何。"

"那好，我们拭目以待。"我就知道说多了也没用。 要不广告里怎么说：戴上博士伦，傻极了，舒服极了。

工作餐会在我所在的广播局办公室里举行，桌上摆满了大小不等的饭盒和搪瓷盆儿。 食堂仅有的八个碟子也被我借了来。 数了数，鸡鸭鱼肉竟也凑全了。 还有一小盆儿城里很难见的炸小虾，通红通红的，煞是可爱。 整个桌面上洋溢出一种富裕之后的小康气氛。 王京东和阿炳甚至还搬来一箱北京啤酒，正宗冒牌的北京五星啤。

一行人都为有借口扎大堆吃一次大锅饭而兴高采烈，胃口大开。 伊领队也没想到宴会如此隆重，显然受了几分感动，也不大好意思立即质问博士，扫大家的兴。 于是官民同乐，乐不可支。

我提议说："先敬领导一杯，为了咱们有缘千里来相会，无缘见面不相识。 伙伴们，举杯呀。"于是叮叮当当一阵磕碰的乱响。

博士紧跟着又站起来，举着杯子说："伊处长，多亏了这次下放让咱们认识了，要不然，您永远是人事局摆弄我们玩的领导，我们永远是各个研究室的让您拨拉来拨拉去的小小研究人员，只有档案袋里的照片跟您认识，没有谋面的机会。这次我们算是见到您的真人了，真是'度尽劫波兄弟在，相逢一笑泯恩仇'。我家里的大哥就是您这个岁数，您得允许我叫您一声大哥。大哥，小弟敬您一杯。"说完一口气喝光了大茶缸子里的酒。

伊腾并不为博士一通驴唇不对马嘴的胡拍所迷惑，面带微笑，不温不火地盯着博士："博士，你要真叫我大哥，我还真不敢答应，我不敢消受有个博士弟弟。这样吧，我让阿健替我喝了这一杯，咱们就算是朋友了。是朋友，你可就不能给我拆台。"

我在一旁急得恨不能上去抽博士两个嘴巴。马屁没拍好，反倒惹火烧身，伊腾马上要跟他单练，我煞费苦心下了这么半天的套儿不白费了吗？

情急之中，我捅了捅身边的李扎西尔汗，撺掇他给领队敬酒，赶紧接上这个捻，封住伊腾的嘴。

小李子特实在，把领队的杯子和自己的杯子都倒得满满的，双手举着，诚恳地说："伊领导，我今天终于见到您了，真是非常非常幸福。我父母年轻，我是老大，没有哥哥，您应该是我的长辈，就让我叫您一声大叔吧！伊腾大叔，您刚才喝了博士的酒，您现在也应该喝我的酒。不喝，就是嫌我小，看不起我，我要先干为敬啦。"说完一仰脖，酒杯见了底。

伊腾抵挡不住心底涌起的当了"大叔"的激情，端起杯来抿了一小口。

"不行啊不行啊。"众人嚷，"感情深，一口闷；感情浅，舔一舔。"

接着我一个个地点名，让十几人轮番先干为敬。伊腾处长渐入佳境，脸上泛起潮红，鼻尖沁出细密的汗珠儿。

"博……博士，"伊腾的筷子直指着坐在对面的博士的鼻子尖，"这样一个紧密团结的集体，全被你给搅……搅和坏了。"

众人一怔，全盯着博士。

"当着这么多人的面，我都不、不好意思深说你。你、你、你自己说清楚，偷跑回京几次，回去干、干、干什么……"

众人紧盯着博士。

博士脸不红，心不跳，成竹在胸："处长，是这么回事，我牵头搞了个课题，正在申请国家社科基金。马上要审议了，我回去到我导师和其他评委家里活动活动，找名人写几封推荐信……"

"啪！"伊腾一巴掌拍在桌子上，震倒了几个酒杯，把似醉非醉的几个人都吓醒了。

我的心狂跳不止。完了完了完了，我怎么忘了在电话里跟博士统一一下口供。 傻瓜博士，你怎么就不说你胃溃疡胃痉挛胃出血肠扭结吃不下饭睡不着觉，医生让动刀子你都推说没时间迫不及待地赶回乡下继续锻炼？ 救死扶伤同情弱者人皆怀恻隐你怎么就一点不懂？

"你以为你是博士，就你有课题？ 你的科研工作重要，下放锻炼思想就不重要了？ 半年前就跟各个所打招呼了，下放人员在农村期间一律不再让所里给安排工作，专心锻炼。怎么就你一个人特殊？"伊腾一教训人就特兴奋，额头青筋突突跳着，舌头也变得非常利索。

众人有些发蒙，一时鸦雀无声。

"我告诉你，苏凡跟我请假回去参加所里的国际会议，我都没准假，人家也没偷跑回去。 小林到荷兰访学的通知都来了，硬让我给卡住了。 我说过，这个口子不能开，要不去，就都不准去。 你比别人多什么？ 你们比别人多什么？缺了你们，国际会议还不是照样开，国还不是照样有人出，地球还不是照样转？"

众人听着，耷拉下眼皮。 有人翻白眼儿，吐舌头，耸肩膀。

"思想认识不正确，干什么都保准走到邪道上去。 出国准是走了就不回来，搞出课题来也是个自由化。 博士你是不是以为你的课题很神秘很新颖，意义重大填补空白？ 别自以为了不起，没有你的课题，你看看你们所还能不能办下去，国家社科基金还能不能发下去？ 还真反了你们了！ 我在部队当政委时，我说个一，哪个战士敢说二？我就不信社科院不能步调一致。政府每年拨那么多钱养着你们，你们扭过头来就骂政府，真是养了一群白眼狼。"

一片寂静。众人面面相觑，搞不清伊腾上下一番话的逻辑联系，一时不知如何插嘴。

"谁都鼓吹自己研究那玩意儿是天下第一，都想给社会开药方，整治一把社会，就凭你们这些人？兜里揣着护照签证机票闹革命，捅一炮就跑的那副德行？吓，跟我们脑袋别在裤腰带上闹革命那会儿能比吗？"

"比不了。"终于有人敢小声嘀咕。

"国家养你们，就是要展示咱们的文明发展程度，凡是外国人能达到的水平，咱也能达到；凡是外国有的，咱们也都有。你们起的作用，就像橱窗，橱窗砸碎了，货还照样卖。缺了你们，咱国家机器还照样转，文明照样向前发展，咱还有国务院外文局大使馆，一样搞文化交流友好往来，照样做国民经济计划人口控制战略。就欠解散社科院，让你们都去自谋职业，我看你们还怎么衣食无忧、高高在上。"

"是是，大哥，我们都太把自己当成一回事儿了。"博士没想到自己原以为很充分的理由，会引发伊腾这么一通虎威，也有些思路跟不上，被震慑住了。

"说实话，博士，我羡慕你们有这么高的学问。我十几岁就去当兵，没赶上好时候，我也在北大待过，北大还有我不少学生……"

"噢，噢，"众人感到惊奇，"我们在学校时怎么没见过您？"

"早了，'三支两军'的时候……"

"噢，噢，"众人一致感叹，"我们生得太晚，无缘瞻仰您执掌教鞭。"

"大哥，听您一席话，胜读十年书。今天我脑子里算是彻底透亮了。"博士急切地表达着自己的新认识。

"大哥，咱们现在更是亲上加亲了。我对不住您，我错了。我太自私，自以为是。申请社科基金还不是为了弄几个钱多出几次差，多给自己复印点资料。我那个项目就是不搞，对国家对集体也不会造成任何损害。我无组织无纪律，平时在所里散漫惯了，认为到了乡下还可以像在所里时天马行空无拘无束。您狠狠批评我吧，也请同志们批评帮助我。我出身也挺不错的，自从堕落成一名知识分子，就染上了一身的坏毛病。我一定要彻底改造思想，虚心接受再教育。大哥，您要是原谅了我，就让我再敬您一杯。不喝，您就是不原谅我。"

"原谅他吧原谅他吧。"众人附和着，"喝吧喝吧。"

"看在大家求情的分儿上我就不再深究你。"伊腾说，"好在你认识错误的态度还比较诚恳，你和苏凡一人写一份检讨书给我，我回局里汇报。记住，虽然你们分别来自各个所，互相不认识，但到了乡下后，就是一个整体，一人出了问题，大家都有责任，尤其是苏凡，我首先拿你是问。"

博士歉疚地看了我一眼，我狠狠地把他给瞪了回去。

夜半时分，我们搀着伊腾和阿健摇摇晃晃地走向县委招待所。一阵小风刮过，伊腾哇的一声在路边吐起来。

第二天一大早我赶到县委招待所，伊腾和阿健已穿戴整齐在看报纸，等着我来跟他们话别。

伊腾忧心忡忡地问我："苏凡，我昨天是不是喝多了？说了一些不得体的话吧？"

"没有没有，绝对没有那么回事儿。"我十分肯定地回答。

"昨天您跟阿健早早就走了，我们那些人一直喝到天亮，都糊涂了，全不认识自己是谁了，到现在还没醒呢。我是早晨起来解手，看见'红旗'车还停在广播局院里，才想起您来过，这才来见您。"

"嗯，这就好。博士怎么样？认错态度还好吧？"

"他醉了，什么都弄不明白了。"

"忘了告诉你，让博士写一份检讨，你也写一份，我回局里汇报。别担心，你那份我不会转交。我是帮你提高在众人当中的威信，让大家感到你替大伙儿承担责任、受苦，让他们过意不去，也就不好意思轻易违反纪律了。"

"谢谢您了。"

三

我骑上车子，去各处送报表。上级要求我们总结一季度的工作量，要看看我们为地方人民做了哪些实事。

先去教委找王京东。他正一个人闷在屋子里打棋谱。一见我进来，一把就拽住了，就像是见了久别的亲人。

"苏凡，快点儿陪哥们儿杀两盘，这两天我手痒得要命。"

"我坐不住，还要送表去呢。不是说有个办公室副主任专门负责你的饮食起居，陪你吃喝玩乐吗？在哪儿呢？"

"让我给打发掉了。什么呀，像个老娘儿们似的整天跟在我屁股后头，一会儿问我对伙食满不满意，一会儿问我还有什么要求。想看会儿书吧，他就在我眼前晃来晃去的，隔五分钟一问需要他干什么。跟他玩两盘棋嘛，又臭得要命，都让了他九子了，还输，你说烦不烦哪？"

"你小子是身在福中不知福哇，咱们下来的人，就你这儿是县团级待遇。"

"算了吧，难受死我了。虽然咱有好吃懒做的缺点，但知识分子的良心未泯，无功受禄，浑身都不得劲儿。后来我跟老主任讲了，我们是工农子弟兵，是同一个阶级，来到这里就是要跟工农打成一片，炼思想，炼红心，找回原来的我。我诚恳请求您别再不把我当自己人，别再把我往咱阶级队伍外边推，您就把我当成普通干部使用，把我放到生活第一线，在大风大浪里锻炼成长。您就给我加任务，压担子，考验我吧。"

"人家接纳你没有？"

"当然。我一通白话，特诚恳，特谦虚，老主任听明白了，被我深深打动了，说：'俺们觉得你是北京派来的，又是比大学生还有学问的人，俺可得好好伺候着，将来回去替俺们这儿说点好话，让上边多拨点教育经费。'"

"你看你看，以前你一定装模作样打官腔吓唬人家来着。"

"屁官腔。我说的一口地道的北京普通话，他们认为北京话就是官话。其实真正当官的没一个人说北京话。"

"分配你做什么了？"

"去中学帮助监考。然后搞试卷分析，研究一下全县这么多年怎么就没有考上大学的，让我帮着押押题。"

我把表格给他，让他两天之内一定填好。

"别下棋了。实在没事干，跟我一起去转转，我一个人走也怪没意思的。"

"好哇，正好晚饭没着落呢，到谁那儿蹭一顿去。"

我骑车带上王京东。到了县委大院门口，我让他下来在门口等我，我去宣传部找小林。

小林不在办公室。宣传部部长殷勤地给我让座，递烟。我一边点烟一边问小林在这里表现得怎么样，请部长不要把她当外人，就当成手底下的兵使用，发现她有缺点就不客气地帮助她改正过来。

部长听了连连摆手："哪里哪里，苏组长，你太客气了。我们正想建议你们领导表扬小林呢。她来的时间不长，干的工作却不少，把领导的讲话稿写得又快又好，庆'三八'，庆'五一'，纪念'五四'，抓计划生育，搞好麦收，乡镇企业治理整顿……

"你看看，写得有文采，字儿也好看，连庆'十一'和庆'元旦'的讲话稿都写好了，都存在这儿呢，随用随取，我们再也不用临阵磨枪手忙脚乱了。真是人才呀！我们实在没什么任务派给她了，这不，我给她放了假，让她自己去熟悉一下乡下生活，想去哪儿玩，想到哪儿看看，我们都提供方便。"

我下楼到后院平房找小林。她正拿着一小瓶肥皂水，用笔管教一个小孩吹泡泡。小孩子一边使劲往回吸鼻涕，一边鼓起腮帮子吹。五颜六色的肥皂泡在太阳下面飞舞着，噼噼啪啪地一个个爆破了，有一个泡泡正爆在小孩子脸上，小孩子露出长出不久的两颗门牙喜滋滋地笑，小林也拍着手哈哈笑着。

我忽然觉得心底有什么东西被这幅图景深深触动了，不由得停住脚，呆呆地看着。

小林回头发现了我，笑盈盈地跑过来。我把表格给她，说明来意，并提醒她做工作要有计划有步骤，文秘工作不同于学校里边考试，谁提前交卷子能给多打点印象分。 要悠着点拉长了干。

"我的话你可明白？"

"不明白。"小林咬着下唇，困惑地摇了摇头。

听说我还要到各处送表格，小林缠着我要跟着一道出去转。

我让她去借车，我和王京东在大门口等她。

我们仨人在柏油路上骑了几分钟，很快拐上了土路。 在坑坑洼洼的小道上乱颠一气，拐过一大片麦田，然后进了农机站。 看门老头儿挺热情地打着招呼："嗬，大学生来啦？ 快进去吧，博士在里头呢。"

博士正躺在床上读一本小册子。 见我们进来，忙起身招呼，拿出一盒速溶咖啡，转着圈儿地找杯子。 自从伊腾训了他之后，他跟这群人融洽了许多，尤其是对我，总怀着歉意，总想找机会弥补一下。 所以再见面，总是"哥们儿""哥们儿"地叫得热乎。

刚刚坐稳当，小林在一旁叫了起来："哟，在看《干校六记》呢，是不是想仿而效之，来个七记八记的？"

"哪儿的话。 那是我在北京书摊上偶然看见的。 都邪了门了，这种书跟王朔的小说摆在一起，畅销得很。 再加上一本《围城》，城里头这三种书如今卖得最火。"

"你没看看都是些什么人买？"

"我在学院路那边转了几个摊，都是有文化模样的人买，尤其是大学生买得多。"

王京东翻着博士床头的一大堆书，发现都是些文人小说：《绿化树》《男人的一半是女人》《这是一片神奇的土地》《大墙下的红玉兰》《洗澡》……

"你说咱们国家的知识分子是不是欠改造？"王京东稀里哗啦地翻着书问博士，"十几年不下放了就皮紧，就怀旧，把下放的岁月描绘得如诗如画，如火如荼，灵魂净化，醍醐灌顶。让他一直待在城里就觉得特失落，特惆怅。咱政府也是琢磨透了这些人的脾气了，尽可能地满足这帮人想要下去脱胎换骨的要求。"

"可不是嘛。"小林附和王京东的话，"有一阵子大学生们全被书中情节感染了，宿舍里到处都唱：马樱花，马樱花，风吹雨打都不怕，快快让我去找她。"

"你瞧瞧你瞧瞧，犯贱嘛不是。钱锺书拿知识分子的劣根性开涮，咱也就忍了，同一个圈儿里的人，互相扯个皮揭个短窝里斗的事儿也属正常。偏偏那个痞子也动辄拿咱文化人开心，变着法儿地把人骂得特损，可还真就是知识分子买他的书，看得津津有味，你说奇怪不奇怪。"

"你们不懂，"博士说，"这正是知识分子的优点。叫骂归叫骂，我行我素。再说骂也不是坏事，正是从反面帮助咱们改正缺点。"

"这些小说是从哪儿折腾出来的？"我问博士。

"从县文化馆翻出来的。"

"想出一套改造文学集呀？"

"看着玩儿。探究一下知识分子到了我们这一代脱胎换骨到什么程度了。"

"就数我们结合得彻底是不？"小林问，"我们连语言都改了。你们想想，人之所以成为人，从其他动物里脱颖而出，还不就是因为有了语言。我们真是从根儿上改了呢。"

"没错。"王京东说，"前几代知识人没能认识到这一点，所以结合得不彻底，夹生了，硌牙。到了末了，还对人民说'你们''我们'的，就不会说'咱们''俺们'。痴气匠气呆气傻气一点没去掉，永远是一副高高在上、与人民格格不入的模样。咱们可不能重蹈覆辙。"

"是这么个理儿。"博士点头附和。

我把工作量统计表递给博士一张，问他都干了多少活。

博士为难地挠了挠头："不好意思，真是不好意思填。下来后不但没给地方人民做什么实事，还净给人民添麻烦了。白养着我吧，又怕我回去没法儿写总结汇报工作，太对不住我。给我派个活吧，我自个儿又实在不争气。卖了一阵子农机零件，天天站柜台，我这人块儿大占地方不说，还总把零件名称搞错，对不上号，让人干着急。你还别说，人听说有个北京来的博士在这儿卖零件，全都拥来了，每天里三层外三层的人，销售量一下子猛增上去。"

我们几个人一起哈哈大笑。小林笑得前仰后合。

"后来不行了。"博士丧气地说，"人家看够了，不新鲜了，生意不那么红火了。再加上我站柜台，需要一边一个人打下手，一个收钱，一个付货，增加了人力损耗，结果销售额又直线下跌。不行，干不了了。"

"不是给你调到办公室了吗？"

"本来办公室就人多活少，我抢了一份儿，就要有人的年度工作量不达指标。没有文字工作，我想我就从最基本的干起吧，扫地、打水、擦桌子、分报纸，才干了两天，秘书刘晓玲就来找我了，说：博士大哥，我刚交了入党申请书，正在'表现'呢，你把我的活都抢着干了，我还拿什么'表现'哪？"

"是呀是呀，你可不能耽误人家要求进步。"小林说。

"我也只好赋闲在家，怀才不遇了。"

"……当初下来的时候，就应该跟地方人民交个实底，就说：这是一群废物，请务必充分利用。这样人民就会大胆地起用我们了。"王京东深有感触地说。

"行了，都别在这儿贫嘴了，赶紧跑下一个单位。"我拖起王京东。

"要跑你跑，我可跑不动了。博士，管饭不管？"

"我这儿的饭可没油水，晚上也就是个稀粥咸菜。"

"太后悔了，那天不应该给伊腾吃那么好，给他造成一种繁荣的假象，再要向院里申请一点伙食补助都困难了。他肯定以为咱们天天都有鱼肉可吃。"

"对了，给小李子打电话。吃交通队去。"博士一拍脑袋，眼神发亮，"我去他那儿吃过两次，小李子天天帮厨，跟大师傅的关系倍儿铁，总能有点好吃的。"

"博士快去打电话叫他备饭。"众人一齐嚷嚷。

我们四个人从农机站出来，路上又碰见阿炳一个人在慢吞吞地走。他刚刚去邮局发信回来。博士又把他驮上，一路闹闹嚷嚷地奔向交通队。

小李子从路口撤回了办公室。目前的任务是熟悉环境，再抄抄报表，接接电话之类。业余时间，他就在伙房里帮着择菜、烧饭。

"怎么，撤岗了？"我问小李子。

"岗没撤，我撤了。"

"是你不好好干？"

"不是，我干得很好。但是司机不怕我，总跟我吵架，我镇不住，就调回办公室了。"

"这下你可以在办公室里发挥专长了。小李子，快给哥哥姐姐上饭。"王京东吆喝着。

一伙人说着笑着吃着，充满了亲人失散又重逢的快乐。

各县的青年点组长在下放总部开会，向领队汇报工作。大家普遍反映一个问题，就是多数同志在广阔天地里无所作为，还满腔怀才不遇的幽怨。领队认为，这是因为我们有些同志下来之后就一直"端"着，根本没有放下架子，没有发挥主观能动性，不积极找工作做，根本就是徘徊在农村改革的大潮外观望，从没打算蹚蹚水、游个泳什么的。

　　大家商议，应该限定一个最低工作量，将来考核时也有个标准。这样听之任之发展下去，年终将无法统计和类比。最后全体一致达成协议，每季度每人至少有一份三千字的调查报告或其他种类的书面工作成果。这样一年下来，每人也积累了一万多字的成绩。

　　回来后我把精神传达给我们青年点的人。众人原先还为自己工作量统计表上填的模糊数字和模糊语义而忐忑不安，听了我的话后都长出了一口气。

　　"目标明确了，我们干起活来就有了奔头。"王京东说。

　　"三千字太容易了，别的干不了，我们就是不怕写字儿。"小林说。

　　"大家回去后都要及时调整一下自己的思想，多深入基层调查研究，搞出点有分量的东西来，为咱农村改革献计献策。"

　　"瞧好吧，您哪。"众人说，"保证错不了。"

四

　　天气渐渐暖和了。地里的麦子已经连成绿油油的一片。田野的风扑在脸上，暖烘烘的，透着股惬意。想起我们下来的第一个晚上，人人瑟缩着躺在临时间壁起来的住处，残冬的小冷风飕飕地从窗框和门缝里钻进来，吹得人心里发凉。

暗夜里听着此起彼伏的狗吠，不禁怀恋起城里汽车马达的轰鸣和爱人温暖的身体。

最难熬的日子总算是过去了。

我们这批人基本上各就各位，该干什么就干什么去了。日子是最能消磨人的，再烦再躁，也禁不起日子一天天地冲你，削你，把你耗得没脾气。

小县城里按说也不缺什么，该有的设施全都具备。城中有一家影剧院兼礼堂兼会场，一个邮局，一个两层楼的百货商店，连新华书店也有。最多的是饭馆，隔三五步就是一家，多数都是两层小楼，彩色瓷砖镶嵌在外面，门脸都挺气派。

但是恼人的是没有浴池，也不晓得当地人洗不洗澡。浑身难受得实在忍不下去了，我们也只能关起门来打盆水，浑身上下乱搓一通了事。但水也不总有，每晚七八点钟就停。电也停得勤。

每晚都能听到电影院和饭馆门前小柴油发电机轰隆隆作响，互相比赛着招徕顾客。

好在公路交通和通信设施还算说得过去。新修的一条公路通向外面的世界。要一个北京的长途，等一个上午也差不多能通了。邮局就成了我们这些人经常碰面的地方。那个长着一对杏核眼的女接线员跟我们熟了，碰到她心情好，我们还可以免费打一次长途。

我们扎堆的次数越来越多，好像觉得时间越久，越彼此离不开。 下了班，吃过晚饭，就开始串门子，一个找一个，滚雪球似的越滚越大，最后说不定走到谁那儿就聚齐了。 有的住得远点，相隔好几里地，也不辞辛苦深一脚浅一脚地摸索了来。 女生都预备了那种装三节电池的大手电筒，既能照路又能打狗。

我这儿也成了聚会的据点。 因为广播局有带子可看。隔壁有两台供节目编辑制作用的机子，经过局长特批，晚上可以免费供我们这些"北京来的大学生"使用。

广播局的带子，除了武打的就是琼瑶的，没的选择。 有看的总比没有强，至少也算是充塞视听，活动活动废置已久的器官。 没出几天，我们就把所有的带子都看完了。 又把几盘打得像真事儿的挑出来从头看。 看得差不多了，又挑每盘打得血肉模糊爱得情真意切的片段看。 最后也分不出哪个是哪个了，全都差不多，我们都给看成了一个故事。

博士老婆来乡下探亲。 我们一哄而上，把她带来的牛肉干茯苓夹饼美国腰果酒心巧克力等等吃食瓜分一空，甚至把一袋六必居的酱菜也就着白水吃掉了。 他老婆还挺善解人意地说："这下我知道了博士信里边的描述并不夸张。"

"怎么描述的？"众人边吃边问，"是不是说吃不饱，穿不暖，没精力去跟马樱花移情别恋？"

博士也不回嘴，当着老婆的面，一副温良恭让的样子。大家更忍不住借机会使劲逗他。

博士急了："说你们是白眼狼可真没说错，吃了我的喝了我的，反过来还拿我打镲。把我得罪了，今晚上你们都甭想看这盘带子。"

众人一听，立刻来了精神："博士兄，我们认错行不行？我们这是心里头高兴啊。见到了嫂夫人，就像是见到了我们北京的亲人。"

"什么带子？"王京东迫不及待地问。

"米兰·昆德拉的，《生命中不能承受之轻》，从我们所录来的，英文原版。"博士老婆说。她那个欧罗巴研究所总能近水楼台先得月。

"都听见了吗？不懂英文的都别去看。"博士宣布，"还有，没结婚的也别看。"

阿炳在一旁说："小说我看过好几遍了。英语我是听不懂，但是画面我保证能看懂。"

"那行了，一块儿去看吧。"博士又向老婆做了个媚笑，"夫人你先歇着，我看一会儿，马上就回来。"

我们都被片子巨大的魅力震慑住了。真的，我们还从不知道，人类心灵的痛苦竟可以用如此生动的电影语言来表述。当萨宾娜最后得知了朋友的死讯，托马斯和特里莎在幻化中坐着车子随着悠扬的音乐走出画面时，我们都屏住气息，久久地沉浸在故事营造的氛围里。谁也不想打破这一刻的静寂。我们都觉得自己的语言很笨拙，很庸俗，觉得在这之前的一切文人的有关痛苦的描述都变得很笨拙很庸俗了。

大家极力想说出个人的感受，结果发现根本就无从表达。

最后我们只好议论了一下片名的翻译。众人都觉得译名不太像中国话，至少听起来不太顺口。

"改叫生命中难以承受的轻灵。"王京东说。

"'轻灵'不如'空灵'好。"我说。

"叫'虚空'更贴切。"阿炳说，"《圣经》就用了这个词儿，说'虚空的虚空，凡事都是虚空'……"

"汉语不是都叫'空虚'吗？"小李子不解地问，"'虚空'是不是'空虚'？"

"再想想再想想，从总体上改。"众人说。

"叫'沉重浮生'吧？"博士思忖着。

"不好，不好，"众人说，"太意会了。"

"译成'难耐浮生'好不好？"小林问。

众人想了一会儿，说："差不多了，意思全出来了，又很简洁，比原译名省了五个字。"

"到底是语言所的，有咬文嚼字的本领。"

"就怕这名字太雅，一般老百姓不懂。"博士不无担心地说。

"你少操那份心吧。"王京东打断博士，"片子已标明仅供研究人员和领导同志作资料参考，不会流散到民间去的，老百姓哪里看得到。"

众人说："是不能让谁都看，活活糟蹋了电影艺术。"

计划生育突击月开始之后，我们都忙了起来，都给派到各单位包干的村子去搞突击，有半个多月的时间分散在村里，没机会见面。博士最先忍不住了，打电话给我，说他村子里的活快忙完了，马上就要返回农机站，这个周末要来我这儿聚聚，他老婆捎来的两瓶泸州老窖还没动呢。

我跟采编股股长也是刚从村里回来，也很想跟大伙儿聚聚。

打了一圈儿电话，除了两个人在下面没忙完，其他人都回县城里来了。听说博士周末要请喝酒，一个个乐得电话里的声音都走了调。只有在计生委的王静满怀遗憾地问能不能改时间，周末排了她值宿。计划生育工作就是这个特点，上半场我们在下边忙，把超生怀孕的都给归拢上来，下半场就是计生委在上边忙，汇总全县的医生集中采取措施。我嘱咐王静安心工作，我把好吃的每样都给她留一点。

"那也不行。"王静嗲声嗲气地说，"我想念大伙儿，特别想看看你。"

"没关系，别着急。"我安慰道，"实在想得慌，星期天我再让大家都送上门去，请你挨个儿过目一下，就从我这副肉身凡胎开始，一定满足你的视觉欲望。"

"去你的吧。"王静笑嘻嘻地挂了电话。

博士正在发福的肚子竟然塌下去许多，人也灰头土脸的。我一面招呼其他人把各自带来的小菜都摆上，一面问博士感觉如何。

"唉，真是难以下手哇。"博士把煮熟的花生米一颗一颗往嘴里扔，"我也是农村长大的，我知道，家里没有男孩子那真是不行。"

"啧，啧——"王京东在一旁发出怪声，"敢情博士是让良心给折磨得掉分量了，我还以为是村里伙食不好给饿瘦的呢。"

"你懂什么。"博士又较上劲了，"在一个刀耕火种的农业社会里多增加一个男丁就意味着……"

"行了行了，你饶了我们吧，别跟我们拿书面语交谈。"众人打断博士。

小林深有感触地盯着天花板说："说实在的，看到那么多妇女哀求我，一把鼻涕一把泪的，这心里头真就不落忍。"

"那都是假象啊，小姐。"王京东接过话头，"我们办公室的秘书说了，你没法儿可怜她们，稍一同情，一年里就能给你增加半个县的人口。"

"我算亲眼看见计划生育的难度了，哪像咱们在所里做统计数字、算百分比，然后制定政策那么简单哪，一面对活生生的人，全走样了。"阿炳一脸倦意地歪在我床上，摸着喉结，"我扁桃体都肿起来了。嘴皮子也快磨破了，讲大道理，没用。我们去的那家，两口子跑掉了，把值钱的东西也坚壁起来了，就留一个老太太和仨小丫头驻守。动员了半天，老太太就是不吭气，末了扑通给我们跪下了，说：'要钱没有，要人我追不回来，你们就把我这条老命拿去抵了吧。'你说这工作还怎么往下做。"

"要我说，就动员城里人不生。"小李子不着边际地插了一杠子，"我们少数民族所的，只生一个，汉族所的一个也不生。 这样子就把乡下多生出来的抵消了。"

"你们看他那精灵古怪的样。"王京东用筷子点着小李子，"够蔫坏的了。 让汉族人都绝了种，你们好辽金蒙古女真的重来一次？ 照你的说法，十年二十年之后，咱国家不就农村吞并城市了吗？ 经过了这么多年的努力，城乡差别才逐渐明显了，你竟然还主张倒退回去。"

"我不是那个意思。"小李子摆手申辩，"我是想让出生率降下来。"

"照你这么说，出生率是降下来了，可人口素质也降下来了。 咱国家还全靠咱们知识分子优生优育，把优秀基因往下传一传呢。 光靠农民生农民，咱们下一代啥时能提高档次，跨到世界先进行列里去呢？"

"你把这话再说一遍。"博士眼珠子通红，颤颤巍巍地把手里的酒杯放在桌上，用手指着王京东的鼻子尖儿，"我就是农民生的，我也是农民，你你你比我多什么？ 你小子别别别牛，口口声声农村城市差别，我呀就听不下去这个……"

"哎，怪了，我说你了吗？ 我是就事论事，我专指你了吗？"

"说谁都不不不行，我不不爱听。"

"哎哟喂，下来才几天，就改造得有模有样的了，就站到人民的立场上说话了，我倒成了死不改悔的对立面了是不是？我还真就不服你这个。博士，你小子有种……"说着王京东霍地站起来。

博士也不示弱，也摇摇晃晃站起身来："你你想怎么着？"

阿炳和旁边的人赶忙把他俩都摁到椅子上。王京东本来就没预备有下一个动作，别人这一拉，他便借机会扭动扭动身子表示挣扎反抗，博士也晃晃悠悠地还想站起来，跟王京东造成个对峙局面。

"别拉着他们。"我喊住阿炳，"你就让他们过两招，看能比画出什么花样来。"

众人在一旁劝："算了吧算了吧，完全是学术论争。从来君子动口不动手，怎么就动起拳脚来了。"

博士又扭过脸来转向众人："谁动拳脚了，谁动拳脚了？你们谁看见了？我这不一直在口头辩论吗？"

王京东也就坡下驴："对呀，我们也只不过是一场舌战嘛，谁说我们要动拳脚了？"

众人说："本来就是嘛，本来就是嘛，一场舌战一场舌战。"

博士把酒杯推到王京东面前："老弟，喝酒，喝酒。"

众人在一旁嚷："对，喝，喝。今天喝白酒，明天喝啤酒，感情好，愿喝多少喝多少。"

我们又拿出那盘《生命中不能承受之轻》来放。 看着看着，博士哭了。

我去给王静送吃剩的一小段腊肠和一瓶鹌鹑罐头。 计生委的大门紧锁着。 我站在门外喊了半天，王静才从传达室的小窗口露出脸来，挺沮丧地告诉我，昨晚上她没看住，让一个该做手术的孕妇跑掉了。 那孕妇说要上厕所，王静懒了一下，没陪着去，只把手电筒借给了她。 结果左等右等不见人回来，王静喊上打更老头儿过去一看，厕所边的墙垛上已给扒了一个大口子，墙外摆着一摞砖头，显然是事先约定好里外接应着逃跑的。 这一跑，可就是踪影皆无，说不定得等孩子长大后才能回来。 今天是星期天，当地人休息，晚上还是王静值班。 她正在那儿忐忑不安，怕再跑一个，领导怪罪下来她担当不起。

我想了想，说："干脆晚上我把博士他们几个人叫来替你在门外巡逻守夜，与你共患难一把。"

我原打算只邀几个小伙子来，小林她们几个丫头听说后也嚷着要来，还口口声声说知识分子堆里可不许搞男女不平等，要患难就大家同患难。 我也缠不过她们，只好叮嘱着多带些零食，免得下半夜喊饿。

月亮爬上来了。 金黄色的又圆又大的月亮衬在深蓝色的夜幕里，看着不像是真的，美得像是舞台上的布景。 乡村的夜真静啊，偶尔传来几声狗吠，几许虫鸣。 满鼻子都是刚收下来的麦子的气息，还有青草湿漉漉的甜香。 一道小沟渠绕过计生委的院墙，渠水悄无声息地流向远处的棉田。

我们睁大警惕的眼睛在计生委院墙四周不停地走动着。墙上的豁口已给修好，再想爬出来难度也不小。王静在院里守夜，隔一会儿就从窗口露出脸来，对我们做出感激和鼓励的笑容。众人就对她比画几下，做几个手势，那意思是说：都是自己人，不必客气；放心吧你，平安无事。

众人走累了，找了一个比较干燥的麦垛，横七竖八地躺在上面歇脚。小林轻轻叹息一声："我好像有好久没这样仰脸看天了，都忘了天是什么样的。"

王京东枕着自己的双手把身体摆成一个"大"字，也不由得发出感叹："真舒服哇！城里除了楼和树，哪还有天？我盯着台灯出神的时间，可比跟月亮对眼儿的时候多。"

博士的体重把草堆压出一个凹陷来。他一边漫不经心地一把一把地抓着麦秸往身上撒，一边若有所思地问："你们注意到托马斯的那个指令没有？Take off your clothes."

众人一时没反应过来，片刻才明白他原来说的又是《生命中不能承受之轻》那盘带子。

"不就是命令女人脱衣服吗？"王京东问。

"第一次看时，我也以为这句话就是一个'脱'。"博士眉头紧锁，做出深沉状，"昨晚又看了一遍，觉出点味道来了。托马斯在难以承受的虚空里，寻找着生命的支撑，他渴望灵魂和灵魂的撞击，生命和生命的坦诚相对。结果呢，他遭遇的总是媚俗的肉体。所以他总在喊：脱去你的伪装！

脱去你的伪装！ 可惜呀，没人能听懂。"

"是呀，你这话也够让人合计半天的了。 最好也能有个萨宾娜能理解你。"

"没错，只有萨宾娜能够理解托马斯，但那不过是作家设计的一种理想，托马斯只能生活在特里莎的世俗世界里，无法实现与萨宾娜的结合。 这是人类心灵的又一出悲剧，理想与现实之间的差距永远也无法弥合。"

"嗬，给上升的高度还真不低。"

"我认为，我们最应该学习的，是人家对人类受难后孤苦情境的表达方式。"小林插嘴说，"纯粹二十世纪的，不流泪，不忏悔。 哪像我们的作家，遇到点挫折不是悲悲切切苦着个脸，就是硬挺着做外强中干的灵与肉的博斗，累不累呀。"

"唉，什么时候，能让我们都 take off clothes 恢复到原生态，痛痛快快做一把人就好了。"博士长叹一声。

"想返祖也没用，那块尾巴骨早让冷板凳给磨平了，长不出来喽。"王京东撇嘴。

"对你这号儿的，发多少指令也没用，脱掉表层的媚俗，里层还是媚俗。"

"对对对，我是媚俗里生，媚俗里长，媚俗里娶亲开俗花。 只有博士您凌空出世，超凡脱俗，整个儿一个人间叛逆孙行者……"

"你们都快住嘴吧。"小林叫着，"都是俗人，谁能比谁雅多少？ 就这么个古老而又庸俗的破话题，就引得你们吵来吵去，真够俗气的。 都别争了，看月亮吧，这世界只剩它不媚俗了。"

我们都沉寂下来。 远处广播局电视塔的灯光一闪一闪的。 月亮依旧很不真实地浮在我们的头顶。 一只猫悄无声息地从草垛上溜了过去。 渠水好像是停滞不动了，仿佛在暗夜里谛听、期待着什么。

什么都没有发生。 一夜平安无事。

五

博士跑邮局跑得最勤，也数他的来往邮件多。 学报、期刊，海内海外邮件不断。 他嫌农机站送信送得慢，索性自己去邮局取。

我和王京东去找他玩时，见他正在屋里跟两个女孩子大侃。

一个是秘书刘晓玲我们见过，另一个高个子红嘴唇的是第一次见。 博士正侃得神采飞扬，情真意切，两个姑娘以手支颐，听得如醉如痴，眼里透出仰慕和迷蒙的神色。 见我们进来，两个姑娘脸蛋红扑扑地站起身来，告辞出去了。

"在开什么讲座呢？ 咱们也听听。"王京东打趣道。

"闲着没事儿，给她们侃侃诗。"

"啊，诗呀！ 侃晕几个啦？"

"你还真别得意。别看人家学历没你高，但是悟性很强。这才是诗之所在，情之所在呢。"

博士转身翻出一本打印、装订很仔细的三十二开小书递给我："这是我追随前辈学人，闲来无事所作的古诗，聊以怡情养性。献丑了。还请二位多多指教。"

"你别这么酸文假醋的好不好？"王京东跟我抢着看，"别忘了咱们的白话规则。"

诗集题为《浴风集》，为浴风阁主近两年所作。序跋俱全，是博士特邀朋友老高、阿狗等为他写的。诗的内容大都是抒发离愁别绪、郊游踏青感怀之类，以古体居多，五言七言都有。还填了几首词。每页还有诗人亲手所绘插图，与其页之诗相配套，不外乎弱柳扶风、游子独吟、闺妇思春一类，工笔细描，倒是很见一番功底。阿狗在跋中云：与博士同住一楼数年，想不到以彼等体重会写出如此轻柔细软之作，令人拍案叫绝。一首《江城子》颇有苏轼之风，其中"社科院，小礼堂"二句对当今诗坛有开风气之功。

我连忙往回翻几页，查证原词，词牌名为《江城子》：

研究生院最难忘。三年多，是同窗。促膝谈心，相知胜祝梁。记得携手观影剧，社科院，小礼堂。　奈何咫尺如重洋。不思量，徒嗟伤。各隔一方，鸿雁传书忙。纵使他年能相逢，应笑我，华发长。

"哈哈！ 有'十年生死两茫茫'的味道吧。 词填得好，文评得也好。"我把巴掌拍得山响。

"没想到我们博士还有诗画的功夫，佩服，佩服。"王京东也跟着我拍手。

"过奖了过奖了。"博士谦逊地摆摆手。

"下乡后有什么新作没有？"我问。

"乡野民风古朴，人杰地灵，更是创作诗的好地方。 我改写白话诗了。 这里有一首《送别》，你们看看。"

王京东接过来大声朗读：

> 望着你那远去的背影，
> 止不住涕零如雨。
> 眼前一阵一阵的模糊，
> 骤觉春天透着几分凄冷。

"啊！ 好哇好哇，挺像白居易的风格，可以读给村妇樵夫听了。 博士，有没有谁都不像，只像你自己风格的作品拿给我们瞧瞧？"王京东问。

"我正在探索呢。 这还有一首没写完的。"

王京东拿过桌上的小纸片："《流浪族》，有点像日本名，新！ 真新哪。"

我要过来，见是几行自由体诗：

呼啦啦十四道风从天而落

雪地上跑来一群堂吉诃德

骄傲和梦想全挂在孩子们脸上

驽马驰骋在看不见的战场

长枪杀向不可知的远方

为了忠于那光荣的探求

躁动的灵魂在原野上流浪

我沉吟了一下，问博士："这一首好像是诗风陡转哪。"

博士笑了一笑："以前写的都是我个人的感受，现在我想表达一下群体的感觉。"

"要不怎么说环境能改造人呢，"王京东一本正经地说，"思想境界可是提高了不少。"

"你准备就此打住还是一泻千里？"我问博士。

"没定，凭感觉吧。"

"写完一定先交给我们审阅，合格了才能结成集子在民间传看。"王京东半开玩笑半认真地叮嘱博士。

我见桌上摆着今年头两期的《神话哲学研究》杂志，就顺手拿起来翻着。一看第一期的目录页上，博士的文章和名字都赫然用小五号黑体字印着。

"好哇博士，大作发表了，也不张罗着请客？"

"算不了什么算不了什么，一点读书体会，小试牛刀而已。"

王京东也凑过来："快让咱们拜读拜读。嚄，是与人商榷，《盘古起源说质疑》。博士你够能干的，你要商榷的那人可是咱们国家神话哲学界新近崛起的一头麋鹿。商榷出个结果没有？"

"别提了。所里把他给我的信转寄来了，我打开一看，皱巴巴的一张卫生纸，上面写着：'博士你是个臭大粪，你有什么资格跟我商榷？会两句洋文你牛什么？我开始搞研究的时候，你小子还在撒尿和泥玩呢。'你们说我招谁惹谁了？我不过是看他的文章有许多纰漏，甚至别人英文引文的错误他都照抄下来。我实在是担心这种以讹传讹会贻误后人，就找了一些梵文和英文资料，重新论证了一下盘古和梵的渊源关系。我自信完全可以驳倒他的论点。没想到会招来这么一通恶俗的臭骂。"

"那你就忍了吗？"

"忍？我回信正告他，学术论争讲究以理服人，不要来这套文痞作风。结果他的信又来了，凶相毕露，说：'博士你如果不服，咱们找个地方单练，我跟你白刀子进去红刀子出来。'我真为咱们社会科学战线出了这种人而感到痛心。真斯文扫地呀！"

"看来不服是不行。"王京东劝博士，"咱们想说白话还得用功去学，人家这才叫白话大师呢！博士你得甘拜下风，还是早点认输为好。"

"我怕他谁？ 要不是责任编辑来信劝我，我早跟领队请假回京，非找一帮人瓶了他不可。"

"那你可就是把自己降格，自动归为他那一类了。"

"我也是这么想的，咱总不能跟他一般见识吧。 再说我也不想再给责编找麻烦，他也挨了同样的骂，还说那小子连杂志主编都给臭骂了呢。 我合计着我挨他骂也就算不得一回事儿了。"

"这就对喽，博士，足见你大家风范大肚能容大象无形。"

"唉，人心不古哇。"博士喟然长叹。

县司法局的院墙拆了，据说要统一换成铁栅栏。 那座带外廊的二层小破楼就赤裸裸地暴露在大街上。 司法部下放来此地的几个小子就住在楼上。 每天下了班没事儿干，他们几个就凑成一桌玩麻将。 逢到有一个溜回北京，出现三缺一局面时，他们就到我们这堆里找人凑数。 王京东是第一替补队员。 晚上停电玩不成了，他们就搬着凳子坐在楼口，拨着一把破吉他，面对大街扯着嗓子唱：我来到这广阔的冀中平原，平原哪平原真是平坦，一只眼睛啊都望不到边……

开始，过往行人还觉得稀奇，停住脚往楼上看，总有一大群人围观。 那几个小子也不在乎，反倒唱得更起劲了：你要是看我长得美，就把我领回生产队，姑娘啊给我倒碗水，聊到天黑也不嫌累……

父老乡亲们看了半天，也没见有什么花花样，不过是唱唱歌练练嗓儿而已，渐渐地也就自动散去，见怪不怪。 互相问起来，都说那是北京来的大学生在练节目呢，还净唱些大白话，怪有意思的。

偶尔，那几个小子见我们这一伙儿仨一群俩一伙儿男男女女说说笑笑在街上散步，他们嫉妒得要命，就在上面酸溜溜地哼哼：姑娘啊像朵野菊花，一双眼睛让我离不开她，可惜她是个研究生，上学时候就入党啦，哎呀呀我的妈，有心摘花又心里怕，凤在上来龙在下，哎呀呀，哎呀呀……

"都快成了马路求爱者了。"小林嘻嘻笑着，"你们也不怕知法犯法呀？"她又笑着朝楼上喊。

"别总是你们那伙人扎在一起，让我们也加进去吧。"为首的赵大兴在楼上喊。

"不行啊，我们正好是七小对儿，你们一加进来，我们就'和'不了了。"王京东大着嗓门回话。

"好好待在你们少林寺吧。"小李子也在一旁起哄。

"别忘了，将来打离婚官司还得求我们帮忙呢！"赵大兴接着喊。

"不用啊。"博士回答，"我们这里学科比较齐备，法学所未来的专家就在我身边呢，离几次婚都没问题呀。"

那几个小子自知人少，打嘴仗不是我们的对手，于是不再嚷了，又哼哼唧唧地唱起来：弹起那老吉他，我又想起了我的她，她的眉毛，她的长发，咿呀，咿呀，咿呀，咿呀……

"怪可怜的。四个秃头和尚，连个女生都没有。非憋出一群乡村摇滚歌星来不可。"小林边走边回头望着他们，满怀一腔的同情。

我们再去拒马河边玩时，每次都忘不了喊上他们几个。

冀中平原的夏天，热浪滚滚。在城里时，高楼大厦和一排排绿化带，把热分割成一块一块的，只感觉热得隔膜，热得闷，热得虚幻，看着眼前晃动的淌着油汗的人群就眼晕。在乡下，却是连成一片的热，热得明晃晃、火辣辣的，除了你自己的眉毛，就没有任何可以遮阳的东西。我跟着到村里去采访时，热得虚脱了一次。局里再不敢派我出去。我就待在家里编稿子。白天在屋里写写字儿，看看书，听听音乐，改改稿子。吃过晚饭，就跟我们那一群人直奔几里地外的拒马河。河两岸是密匝匝的庄稼地，散落着炊烟袅袅的小民房。水浅的地方，总有下地归来的农夫在里面洗澡，一大群光屁股的村童在河里打水仗，女人们在岸边的青石上捶打衣服，一派康乐祥和图景。

我们选择了一片离住户人家和庄稼地都较远的比较开阔的水面，作为夏天的据点。这里河水分布得很有层次，岸上堆积着大片细软的黄沙，河边错落有致地分布着小颗细碎的鹅卵石，河中心水逐渐加深，但流速很缓，游到对岸，水又变得既清且浅。

水流从鹅卵石上滑过时发出清越的声响。刚从热浪中逃离出来的人们都抵挡不住这份诱惑，稍识点水性的，噼里啪啦都跳下去了，不会水的，也争着抢着在河边蹚上几回。 阿炳、小李子、王静几个人与司法局那两个不会游泳的，就在沙地上围了圈儿，打起了排球。 我和博士、小林、王京东、赵大兴一些人就不停地在河里游哇游。

"真想就这么死在这里呀！"

小林从水里上来，望着西边的落日，由衷地叹息了一声。 她走到我坐的地方，抹了一把脸上的水珠，摘掉游泳帽，伏卧在沙滩上。 瀑布似的长发从脊背上滑落下来，遮住了整个脸庞。

远处传来阿炳他们的追逐嬉笑声。 夕阳给每个人的身上都镀了一层金。 波光水影中，能看见王京东他们的脑袋时隐时现。 博士在沙滩上侧卧成一道曲线，正凝眸对着金光闪烁的河水做苦思苦吟状。 几只燕子在水天之间拍翅俯冲，留下一道道剪影。

"真美呀！"小林不由得又赞叹了一句。

落日的余晖把小林的身体打出一道朦胧优美的轮廓，她那肌肉结实的小腿闪着健康的光泽，光洁的脊背上一个个细密的小水珠不断地碰撞、滚落，让人忍不住要伸出手去触摸……

六

陆陆续续有丈夫和妻子来乡下探亲。 无论谁家里来了人，大伙儿都照例一股脑地拥了去蹭一顿吃喝。

我写信向我老婆请求，能不能抽空来看看我。 老婆回信说，她很忙，正跟人一道编书写词条。 还说要趁我不在的时候多出点成绩，把这两年给我做饭耽误的时间追回来。 我又写信去，连哄带吓，夸大了一番我对她的思念之情，然后说："所有人的爱人都来探视过了，现在大家已开始怀疑我和你的感情不好。 你要再不来，出现感情危机，我可不负责任。"

老婆这才有点害怕了，背上一个大牛仔包第二天就跑了来。

一帮子人来我这儿蹭饭时，她把每个女性都暗地里仔细审视一番，觉得条件都不如自己，这才长舒了一口气。

晚上，老婆和我挤在那张木板床上缠绵够了，又不放心地问我："究竟哪个是你的相好？"

"你看了半天还没看出来呀？"

"一个个都黑红油亮，哪配得上你呀。"

"可别这么说。 那都是假象，下乡后染的色。 刚来时全细皮嫩肉的，跟你目前的靓丽程度差不多。"

"我看她们好像对你都挺好，没想到你还挺受妇女们爱戴呀！"

"是呀，她们对我特别好也不能当着你的面表现出来呀。"

"死鬼！ 你气死我了。"老婆张牙舞爪地又扑了上来。

县城里实在没有什么好玩的去处。我领着老婆望了望山，看了看水，在庄稼地里转了转，只好又回到小破屋里待着。老婆来探亲也没忘了把词条带上，抓紧一切空闲时间抄着。

县委大楼里，阿炳和王京东正往办公室走。阿炳的背心破了几个洞，王京东的凉鞋带儿断了，踢里踏拉的。两人左手端着茶水，右手摇着大蒲扇，每人的大裤衩都长及膝盖，叽里晃荡地吊在腰上。

刚上楼梯，迎面碰上伊腾处长和司机阿健。两人赶忙上前殷勤地打招呼。伊腾把他们叫到楼梯拐角，先问阿炳："你看现在已经几点了？"

"三……三点半。"阿炳不敢大声回答。

"王京东，上班时间你乱窜什么？"

"我……"王京东反应极快，"我来拿一份文件。"实际上他刚跟阿炳下完两盘棋。

"你们看看你们自己这身打扮。"伊腾尽量把语气放得平缓，"哪里有一点机关工作人员的样子。人都说，'远看像要饭的，近看像捡破烂儿的，仔细一看是社科院的'，这话不假，可你们也不能就此自暴自弃，破罐子破摔呀！在院里，大家彼此都一样，也就谁都不嫌弃谁了。现在到了乡下，好歹你们也是北京来的，总得体现出一点首都的风貌吧。"

伊腾这次是专程来表扬博士的。他说，大家的工作都有了长足进步，基本上都进入了角色。 我们的工作在量的积累上已经达到了一个新水平。 尤其是博士，表现比较突出。自从那次被通报批评后，能很快认识错误，改正错误立竿见影。 他写的那篇论文——《我国农业机械化改革的哲学思考》，字数早已超过我们季度工作量要求，洋洋洒洒下笔万言，交回院里后就被推荐给农机所。 专家们看后一致认为文章数据齐备，理论和实践结合完美，开拓了我国农机化研究的新领域，具有极高的理论指导意义。 近一期的《中国农机》杂志马上全文刊载。

"大家都要像博士那样学习和工作。"伊腾发出了号召。

"小子，真有你的。"王京东捶了博士一拳。

博士眯缝着不肯戴眼镜的高度近视眼，嘿嘿地笑着，谦逊中透着几分扬扬自得。

"另外，"伊腾话题一转，"大家还要加强组织纪律性。 要注意自己的仪表形象，别让人太瞧不起。 下乡前，我忽略了这个问题。 回去后我马上给院里打报告，请求给大家补发置装费。"

"哗——"众人一齐鼓掌。

临走前，伊腾又单独跟我交代几句，表扬我这一段工作干得不赖，嘱咐我要注意抓典型以点带面，继承我们一贯的工作方针。 他特别提到要勤去关照博士。

我茅塞顿开，会意地点头。

伊腾走后我们开始争论能批下来多少置装费。王京东提议，应该把十一届三中全会以后社会主义新农村的繁荣昌盛程度如实汇报给院里，请院里参考赴英美或其他发达国家的标准发放经费。

"不太可能吧。"小林不无忧虑地说，"说不定按照去印度、孟加拉国或者去非洲国家的标准给呢。"

"那可没戏了。"王京东丧气地说，"能按照赴发展中国家的标准给也成啊。"

几天后阿健开车把钱送到各县青年点。每人发了五十块。

当晚我们一大帮人请司法局那几个小子，在瓷砖镶得最好看的"萃华楼"酒家撮了一顿，让他们几个足足眼气了一回。

"别跟我们打得太热乎。"赵大兴一边夹拔丝鹌鹑蛋，一边还在嚼牙，"免得生出感情了，你们先返城时还得抱着我们痛哭，情真意切地说不愿意离开。"

"得了吧你，到时候还难说谁哭谁呢。"王京东说。

"吃饭呢，都说点吉利话好不好？"小林打断他们，"我就不愿听你们说这话，都跟巫婆的谶语似的。"

"不说了不说了，喝酒喝酒。"

七

在小林请假回京办理自费出国手续的一个多月里，我被一种不可名状的烦躁情绪支配着。她自从公派出国被人事局阻断以后，就一直在联系着自费这条路径。经过多方努力，美国学校的入学通知终于来了。她爱人打电话叫她回京办理辞职等等一大堆手续。

我拼命地干活，用一些杂七杂八的乱事把一切闲暇时间都填满。一有到乡里或村里采访的任务我都抢着跟去，每天骑车往返二三十里地。然后整理记录，制作新闻，跟着局里的值班编辑一干就干到下半夜。

大家最感兴趣的沙滩排球，已改成了计生委大院里的陆地排球。突击月一过，计生委又大门洞开，来领取免费避孕工具的村干部络绎不绝。拒马河水渐渐凉了，人们不再下河游泳。而我每天下乡回来，仍然不知疲倦地直奔河边，跳入清冷的河水里，一口气游上几个来回。累了，就爬上岸，在河滩上放平身体，看着落日的余晖一点一点被浓云吞没，心底那个空洞也随之变得越来越大。

小林打来电话，说她机票已经买好，明天所里派车来给她拉行李。

第二天上午，小林和爱人一道跟车来了。她好像瘦了许多，一笑起来，原本好看的两个酒窝也快成了两道沟壑。

"你可把我们等急了。"王静帮她拾掇着，"我们还念叨呢，小林真不够意思，白一起患难好几个月了，临走也不回来告个别。"

"我以为你手里有了美国老头票，这一套破行头该甩了。我正想瓜分你的尼龙蚊帐，你这就跑回来了。"王京东帮她捆着行李。

"我哪敢忘了弟兄们哪！没办法嘛不是，这些日子我都差点跑吐了血，想早回来也抽不出身哪。"小林又转身抽出蚊帐给王京东，"你要是不嫌弃，就留给你。"

"不敢，不敢。"王京东连忙摆手，"还是你带走吧。千万别洗，闻着那上面的味儿，就想起我们来了。"

"是呀，一帐子的泥土气息。"小林感叹着。

"你办得够神速的了。你辞职，单位没拦着吧？"

"哪是我神速，全是我爱人一直在跑，我只管最后的环节。还真就多亏了伊腾处长帮忙，辞职没费多大劲。"

宣传部部长和办公室其他人都来了，一一与小林丈夫见过面。

部长说："小林走得太突然，我们也来不及开个欢送会什么的。这几个月小林为我们贡献不小，大家都挺感激。我刚让秘书出去买了个麻编包和手工刺绣的香袋，这是咱们地区的创汇产品，勉强拿得出手，做个纪念吧。"

"真太好了，谢谢部长。"小林诚挚地表示谢意。

中午，大家一致要凑份子，在"萃华楼"为小林饯行。

司法局的四个人也执意要加入一份。

"小林出去了，我们也跟着脸上沾光。 说什么我们也得送送。"赵大兴说，"小林，你去攻什么专业？"

"汉语言专业。"

"嘿，好哇，费了半天劲，到那儿用美国话研究中国话。"

"你才老外了呢。"王京东打断老赵，"要是光用中国话研究中国话，那还能唬住谁，还怎么攀登世界语言学高峰一览别的语种小。"

"有道理。"小李子在一旁若有所思地点头，"小林，给我也蹚蹚路子，到那儿用美国话研究少数民族话。"

"小林，我佩服你的勇气。"博士端起杯来，"舍得一身剐，单身闯天下，公职不要了，丈夫撇下了，说走就走。好样的，我敬你一杯。"

"别顺嘴胡说了，又喝多了怎么着？"王静拦住博士，担心地瞥了小林爱人一眼。

"没关系。"小林丈夫宽厚地笑笑，"我们本来就一无所有，穷待着也是待着，不如趁年轻赶紧闯荡。 我倒担心再不走，小林非让她们所里的人影响得安贫乐道不可，那我可就一点指望都没有了，还怎么去探亲陪读哇，是吧林林？"他充满爱抚地摸了摸小林的头发。

"公众场合呀，注意点影响。"小林娇嗔地说。

我低下头，端起酒杯猛喝一口。

"到那儿以后别忘了我们，常写信来。"王静搂住小林的肩头，无限深情地叮咛着。

"最重要的，是要跟当地美国人民打成一片，尽快进入角色，尽快适应由社会主义到资本主义的转变。"王京东做出语重心长状。

"没问题。有了这碗酒垫底儿，再来什么样的酒，我都能把它喝下去。"小林端起碗，一饮而尽。

"对对，曾经沧海难为水。"博士说道。

"除却巫山不是云。"小李子抢话。

"瞎接什么呀你。"博士拍了小李子一下，不易察觉地向我投来含义不明的一瞥。

"我又说错什么了？"小李子不服气地嘟哝。

吃过饭，众人忙着去把小林的行李装车。我在柜台跟老板结账。出来见小林正在门前等我。我在她对面站住。小林用那种让人心慌意乱的眼神盯住我。我觉得浑身的血全都涌到了脸上，迟疑了一下，还是勇敢地迎住了她的目光。正午的阳光突然变得很不真实，周围的街景在我们身后旋转飘忽，不住地变幻着……

"没有不散的筵席，是吗？"

我闭了闭眼睛，想把那种不真实的感觉驱走。

小林咬了咬嘴唇，没说出话来。

"你走得太急，实在来不及送你什么，只好把这两张合影先拿给你。"

　　昨天接到小林电话后，我把相机里还没照完的几张噼噼啪啪对着墙壁曝了光，卸下胶卷立刻去加快洗了，今天一早拿到了照片。 我挑了两张。 一张是我们全体在河滩上的合影，男生在前蹲坐成一排，女生在后站成一排。 小林的一身大色块组合的泳衣非常醒目，她用手抚着被风吹起的长发，对着镜头开心地咧着嘴笑，其他人都张大嘴巴在喊着笑着。 照片上的人物都十分真切生动，简直呼之欲出。 另一张是我和小林还有博士、王京东几个人在水中一块大岩石上正往深处跳。 我们互相不服气，喊一二三，看谁跳得远。 在跃起的一瞬间被阿炳给抢下了镜头，拍得相当精彩，只见画面上腾空几道曲线，周围一片辽远的水和天。 取出照片时，我一个人站在照相铺子里端详了很久很久。

　　小林接过照片看着，半晌仰起脸来，眼中充满了泪水。

　　这是我第一次也是最后一次看见她流泪。 泪水更加深了我的那种虚幻感觉。

　　王京东问我吃没吃过知了。 我说，在我几千年的老祖宗活着那会儿吃过，到了我这辈儿就失传了。

　　"又外行了不是。 那会儿是生吃，抓过来就搁嘴里，生吞活剥茹毛饮血。 现在我们是用油煎着吃。 就因为吃了熟食，你小子才能进化成今天这副白面书生的模样。"他硬拉我到博士的农机站那边抓知了。

　　我正百无聊赖，什么都干不下去，就提上手电筒跟他走。 路上王京东告诉我，就数博士院子后面那几棵树上的知了肥，它们喝了一夏天的树汁儿，养得肥头大耳。

到了农机站一看，房门开着，博士不在，门房里也没有。我和王京东转到后排平房，在"红嘴唇"的宿舍里找到博士。他又在比比画画地给"红嘴唇"和刘晓玲讲着什么。

"别侃了，博士，赶紧上树。"王京东嚷道。

"还吃上瘾了。等我回去换双鞋。"

"带我们一道去吧。""红嘴唇"和刘晓玲央求着。

"你们在这儿把炉子预备好，回来后马上下油锅。"博士命令着。

"红嘴唇"和刘晓玲不情愿地叽叽喳喳去拨煤油炉子的捻儿。

我们拿了一个牛皮纸大信封，提了手电筒从大门出来。博士转了转，在一棵粗大的榆树下停住，大着嗓门把我们俩喊过来，让好好给照着亮。然后他抱紧树干，三蹿两蹿就爬上去了，动作出奇敏捷。我不由得看傻了眼。

"博士还有这两下子，真没想到。"

"这算什么。谁的祖宗几千年前还没上过树。可惜我没得到真传。"王京东不屑地说。

博士脑袋钻到树叶子里面大叫。我们赶紧用手电筒的光束给他来回扫描。

连爬了两三棵，都一无所获。我已失去兴趣了，张罗着回去。

"回去干吗，你那里又没电。不如去田里掰棒子吧。"

王京东又出了个主意。

"要去你们去，我爬树手都磨掉一层皮了。"

"我求求你，博士，去一趟吧。我体内现在有一种强烈的破坏欲，非在动植物身上发泄出来不可，要不然我就该打人了。"

说着王京东做出"骑马蹲裆式"："烦着呢，你们都别惹我，错打了谁我可不管。要么，你们俩谁牺牲自己，满足我一回？"

"得得得，我陪你去吧，别憋出病来。"博士搓着手掌说。

"还是别去了。"我拦着他们俩，"想吃棒子，路边不是有卖的嘛。打声招呼，你们主任肯定给你煮一大锅带来，何必去祸害人家的庄稼。"

"你不懂了吧。棒子有什么吃头，我们要的是那个过程。"王京东比比画画地说，"想象一下那个情景吧：月黑风高之夜，我们拎着一个大旅行袋，摸到地头上，看看四下无人，我和博士哧溜一下钻进青稞子里，留下你苏凡在道边望风。玉米秆一棵紧挨着一棵，我紧张得透不过气，视觉也不灵了，站在那儿以右腿为圆心转了一个圈儿，逮谁掰谁，哪顾得上筛选。博士呢，就比我有经验，先凭手感捏一捏摸一摸，再凑近前去瞪大一双近视眼仔细观瞧，看准了才四平八稳掰下一穗，夹好了又磕磕绊绊摸索着往纵深处发展。苏凡你呢，站在道边警惕地四下注视着，紧张得冒出一身冷汗，却又只能倒背着手，装出一副夜晚散步的样子，颤巍巍地往前走五步，又往回走五步，怕一旦走差了步就难以在铺天盖地的青纱帐里再回到接头地点。时间越长，你越哆嗦得厉害，想喊我们一嗓子却又不敢。我听见博士稀里哗啦越摸索越远，想喊他回来可也不敢。直到他掰了一大抱夹不了了，才顺着自己的气味儿摸回到我跟前。接着我们把旅行袋塞满了就往外钻。我先轻咳了一声给你暗号，你也回咳了一声向我报平安。我和博士这才放心大胆，一个箭步跨过沟渠跑到你跟前。我和你拔腿就想飞跑，让博士一手一个拽住把我们拦。他把袋子夹在腋下，领我们四平八稳迈方步，等走过了玉米地，仨人才撒丫子连跑带颠一口气跑回农机站。博士脸上给划出一道道红印子，我的腿上也给蚊子叮满了大包，苏凡你呀，半天还在捂着胸口喘。锅里的老玉米蒸着，诱人的清香不住扩散……"

"我说王京东，你可真是天才，编的这是小说还是'数来宝'？还挺合辙押韵的。"看着王京东跟讲评书似的在那儿比画，我忍不住又气又乐。

"他那副德行，也就能在想象的世界里遨游。我捣他爬树，你问他掉下来几回？"博士瞅空子揭王京东的短儿，"咱们还是把小李子叫来，小李子干这活儿比他机灵多了。"

"快走吧快走吧，太刺激了，我简直忍耐不住了。"王京东摩拳擦掌。

这个季节我们无法控制自己的情绪和行为。 我们在电炉上烤过棒子，油炸过田鸡腿，放生过鱼塘里的红毛鲤子，给赵家的狗眼里滴过"风油精"，把他家树上的枣子打落在院墙外头，还让青核桃和涩柿子重新投入了大地母亲的怀抱。一种疯狂，一种压抑不住的破坏冲动烧得我们的脸蛋儿都泛起潮红。 我们聚在司法局的小屋里跟那几个小子一道唱：人生能有几回活，就让我在雪地里撒点野……

幸运的是我们这样折磨植物和小动物，竟然一次也没有与人类发生过摩擦。 对此，大伙儿常怀有一种胜利大逃亡的快乐。

八

转眼，冬天到了。 由嫩绿到黑绿又成金黄的田野，如今又恢复了原本的褐色，光秃秃的，样子十分丑陋。 一场大雪过后，世界又被纯洁的颜色所覆盖，所有从春到秋积蓄起来的浮躁和污秽，仿佛都被这场冬雪净化一空。

我们看足了大地色彩的变幻。 冻得冰凉的鼻尖儿最终让内心也跟着冷静了下来。 一帮子人常围坐在炉火旁，屈指算着返城的日期。

就在这时，出了一件谁都意想不到的事。 这件事在我们的整个后半生都留下了难以磨灭的印记。

博士被刘晓玲的丈夫给打了。

小县城里口口相传的新闻发布方式，要比广播局的电视新闻传播快上十倍。头天晚上出的事，第二天就满城风雨。人们交头接耳，到处传说城里来的大学生干了人家老婆，结果被人当家的给抓住狠揍了一顿。

刘晓玲的丈夫跑到县妇联、公安局、司法局等部门上蹿下跳，还拿着刘晓玲的裤衩要求法医给鉴定，叫嚷着要求"保护妇女儿童的合法权益，严惩城里来的披着知识分子外衣的流氓"。

伊腾领队的大"红旗"风驰电掣般开了来，我和伊腾及县委办公室专程派来了解情况的秘书立即开始了调查。

我们分别找了当时在场的几个见证人，每个人都从对自己有利的角度讲起，基本各执一词，调查结果对博士大为不利。

博士暂时住在我这里。刘晓玲的丈夫在农机站跳着脚骂阵，博士无法再住在那儿。伊腾等人进来时，博士正歪靠在我床上，左眼眶下面有一大片深紫色的瘀血，肿得连眼睛都睁不开，只差那么一丁点儿，这只眼睛就要报废了。乍一看真是吓死个人。

伊腾一进门时，也吃了一惊。我从他的脸色能看出他的确涌起一阵心疼，但他没做任何表示，只淡淡地问了一句："还有别处受伤吗？"

"没有了。"博士低头嘟哝。

"那好，说说情况吧。"伊腾掏出本子。县委秘书也掏出记事本。

"怪我自己无知，把复杂的社会想象得太简单了……"博士一脸沮丧。

"不要加什么修饰词，如实地谈情况。"伊腾打断博士。

博士咽了口唾沫，半晌才费劲地开了口："昨晚上刘晓玲和'红嘴唇'到我屋里来玩，我们一起谈论琼瑶和三毛的书。'红嘴唇'说她刚买到一本席慕容的诗集，非常好看，我说那就拿来借我看看。'红嘴唇'说你等着，就回去取。她出去没几分钟，突然停电了。我起身去找火柴和洋蜡，在抽屉里摸半天也没摸到。这时就听外面有一个男的在喊刘晓玲，刘晓玲应了一声，说可能是她丈夫来找她了，说完就从床边站起来，摸着黑往门外走。我这边火柴还没找到呢，就听外面啪啪的扇耳光声，接着是刘晓玲的哭声。我顾不得再找洋蜡，赶紧出去，听见那个男人正破口大骂：'你这个臭婊子，黑灯瞎火的，跟他在屋里干什么？怪不得你三天两头不回家要住宿舍，我还当你真是嫌来回上班远呢，原来是勾上了野男人，今天算是让我堵住了，你还有什么话可说？'

"我一听，赶紧上前解释说：'这位大哥，你误会了。'

"刘晓玲的丈夫见我开口说话，一下子来了劲儿：'我误会？奸夫淫妇被我当场抓住，我还误会个屁！我骂我自己老婆，关你什么事，犯得着你心疼她吗？我不光骂她，我

还要打她、干她呢，你想看看是咋的？'说着他就上去动手
扒刘晓玲的裤子，刘晓玲吓得哭着往后躲。

"我实在看不下去了，就过去拉住汉子说：'你有理讲
理，不许你这么粗野！'

"刘晓玲的丈夫停住手说：'我粗野？ 对，我是粗野，
我是粗人，没你文化高，你也别以为自己是个什么好人。 我
偷偷跟踪我老婆好几回了，见她有事没事就往你屋里头钻，
你小子多个球哇，不就是多喝了几瓶墨水，会穷白话，到处
诓骗人家姑娘和媳妇吗？ 我今天就要教训教训你，我让你再
得意，让你再敢臭白话。'

"汉子说完，反手照准我脸上就是两拳。 我当时没有任
何心理准备，只觉得两眼冒金花，眼前阵阵发黑。 汉子冲过
来还要打，刘晓玲扑过去死死抱住他一条腿。 等我稍一定
神，也从窗台下顺手抄起一根木棒举起来要劈他，被赶过来
的看门老头儿给拦住了。 '红嘴唇'这时也返回来，帮着刘
晓玲连拉带拽把她丈夫拖了回去。"

博士长出了一口气。

"别着急，事情会弄清楚的。"伊腾合上本子，"你先
好好休息，去医院上点药。"

刘晓玲的丈夫被我们找了来。 坐在我们对面的是一条黑
红精瘦的汉子，小眼睛一眨巴一眨巴地透着几分狡黠。 孙秘
书刚一让他讲情况，他就双手一拍大腿："伊领导，孙秘
书，苏同志，你们可得给我做主哇！ 我真是叫天天不应，喊

地地不灵，自己老婆被人欺负了，反倒要背上打人的黑锅，我可真是没地方说理去哇……"

"张三，你老实点。"孙秘书拦住汉子，"这是县委大楼，你用不着呼天抢地的，实话实说。"

"行，我就照实了说。昨晚我接晓玲回家，四下里黢黑，我刚走到那小子的门口，就听见里面有晓玲的哭声，我心想不好，就一脚踹开门进去，看见那小子正把晓玲摁在床上亲嘴摸屁股。我急了，上去一把把他薅起来，那小子回身抄起一根大木棒就来劈我，吓得我拼命往外跑，他还紧追不放，要不是把门的老罗头过来拦住，我非给他劈死不可呀！你们说说，天下哪有这个理儿，干了人家老婆，还要打死当家的，还有王法没有了？还大学生呢，我早就看出那小子不是好东西了，也不知道你们在学校里是怎么教育他的……"

"张三，你不要顺嘴胡说。"孙秘书喝住张三，又不无担心地瞅了伊腾一眼，我见伊腾神色依旧泰然自若，只是额上的青筋不自觉地突突跳了几下。

"你们要可怜可怜我呀！我家晓玲回去又哭又闹，说她不活了，再也没脸见人了，非寻死不可。她要是有个三长两短，让我一个光棍大老爷们可怎么活呀！伊领导，孙秘书，苏同志呀，你们可要严厉整治那个卑鄙的第三者呀，我们幸福美满的小家庭，全被他搅和坏了，呜呜哇……"

"行了行了，大老爷们还兴这个。"孙秘书起身，拿起绳上的毛巾扔给他。

"张三同志，你不用难过，事情调查清楚后，我们自会严肃处理的。"

"博士脸上的伤是你打的吧？ 打人犯法你知不知道？"我早已憋了一肚子的火，没好气地冲口而出。

"哎哟哟，你们可不能听街上的人瞎传哪。"张三拧了一把鼻涕甩在地上，然后在裤子上抹了抹，"都说我打了他，我也是受新社会教育的人，我怎么会随便打人？ 你们看我这瘦叽呵啦的样子，我能打得动他吗？ 你们问他眼睛上的伤？ 那是他追我的时候故意在门框上撞的，过后好栽赃我，好倒打一耙呀，你们可不能偏听偏信哪！"

"行了，你先回去吧，等候我们的处理。 我告诉你，不许你再到各个部门去闹，否则对你自己没什么好处。"

"是是，我相信领导，相信包公能转世再生。"

我心想完了，碰上这主，博士是有理也难讲清啊。 就看刘晓玲和"红嘴唇"怎么说了。

四处都找不到刘晓玲，她没上班，也没在自己家里，估计是跑回邻县的娘家去了。 "红嘴唇"起先也躲着不愿见我们，一再说她跟此事毫无干系，她不想沾一身腥。 经过农机站站长帮着动员，她这才勉强出来。

"请你如实说说那晚的情况好吗？ 有什么不想公开的地方，我们会替你保密。"

"我没有什么不能公开的。""红嘴唇"义正词严地说。

"张三以前跟博士认不认识？"

"见过面，好像没说过话。张三来过几次，都是老远地瞧着博士，还问过我博士家里的情况。"

"你知道刘晓玲为什么要住宿吗？是在博士来了以后才住的吧？"

"是在博士刚来不久吧。原来跟我住一个屋的李惠结婚搬走了，腾出了个床位。刘晓玲正在'表现'阶段，总提前上班拖后下班，想给支部书记留下好印象，她家远，所以就搬来住了。"

"博士平时常跟你们接触吧？有没有过什么非礼举动？"

孙秘书极力选择恰当的词儿婉转表达自己的意思。

"红嘴唇"一听，立刻挺直腰板，毫不客气地辩驳道："孙秘书你这话可要问清楚喽，别'你们''你们'的，我还是个黄花闺女，跟刘晓玲不一样，你别把我跟她搅和到一起。我跟博士的交往仅限于谈理想的范围，再扩大一点也就是他有时买点鸡呀鱼呀的请我们帮着做，做好后大家一块儿吃。博士知识面挺宽的，我们都很佩服他。"

"我再跟你们说一遍，停电的工夫我不在场，我无法证实什么。"

"红嘴唇"说罢甩了甩头发，一副心底无私天地宽的大义凛然状。

我们踩着雪后的泥泞，从田里抄小路到了农机站，找到看门的老罗头。乍一见我们，老罗头十分紧张，慌得不知说什么好。

"这话是怎么说的呢，说出事，还真就出了事了。"老罗头呷了一口茶，好不容易止住惊喘。

"我在这儿把门十来年了，也没个人敢来闹点事。哪知道，防了外面的坏人，可就防不住院里的呢。平常儿，丫头小子们热热闹闹挺团结的，可谁承想就出了这么大的事呢。

"那晚我正在看电视，忽地就断电了。我就关了电视躺着。没一会儿就听见后院吵得厉害，我赶紧拎着电棒过去查看，见刘晓玲正抱着她当家的一条腿，博士举着棒子要往下劈，吓得我赶紧扑上去拦住博士，这可使不得呀，打坏了人可不是闹着玩的。另一个丫头走过来帮着把刘晓玲当家的给拽走了。唉，出了这样的事，真是没想到哇。这话是怎么说的呢……"

我越听心情越沉重。看得出伊腾一点也不比我轻松。非找到刘晓玲不可，要不然博士可就彻底栽了。

大"红旗"急速行驶在乡间公路上。打听几次，终于找到刘晓玲的娘家。一个瘦小的老太太开门把我们领了进去，嘴里还不停地数落："你们来找晓玲啊？她不想见人。这不，跑回娘家就一头扎进了小屋，不吃不喝，一个劲儿地哭。我就这么一个女儿，出了这种丢人现眼的事，让我这张老脸都跟着没处放，真是祖宗八辈没积阴德呀……什么？一定要有晓玲的口供？帮她洗清不白之冤？那也行，让她自己出来跟你们说吧。"

她反身朝里屋喊："晓玲——，玲子呀，你出来一下，有几个长官要见你。"

好半晌，才见刘晓玲慢吞吞地揉着眼睛出来。乍一看，我都不认识了，有模有样的一个女孩子，才不过两三天工夫，就弄得跟地狱里的冤鬼似的。

"刘晓玲同志，你不要有什么思想负担，请你把当时的情形如实跟我们讲一下，这无论是对你还是对我们的博士，都非常重要。"

刘晓玲掩面不语。

"停电的时候，只有你和博士在屋吧？"

"……"

"停电以后多久，你听见你丈夫喊你的？"

"……"

"博士到底欺负你了没有？"

"……"

"你看见你丈夫打博士了吧？"

"啊……"

刘晓玲扭头冲进里屋大哭起来。

坐在车里往回走，我只觉得有一口恶气憋得肝疼。伊腾也在一支接一支地抽烟，眉头紧锁着苦苦思索。

青年点的人会齐了，接受有关博士操行的民意调查。

王京东第一个站出来替博士说话，他尽量把音调控制在中音区以下："没错，当时我们都不在场，是没法儿证明停电那几分钟里，博士究竟对刘晓玲非礼了没有。但是，凭我这一年里对博士的了解，我敢肯定，他绝不会做出任何越轨举动。博士也不过就是在姑娘们面前施展一番口才，引起一点崇拜罢了。再往恶心里说，他就是有那个贼心，也没那个贼胆哪，顶多是活动活动心眼儿意淫一回。"

小李子在一旁不高兴了，立刻打断王京东："王京东你别说得这么损好不好，我听不得你说博士这种话。我可以用我的人格为博士担保。我跟博士大哥在一起一年了，他是什么人我最清楚：有才，有貌，豪侠仗义，事业顺利，家庭幸福。人家妻子也是博士，又漂亮又温柔，儿子也长得好看，刘晓玲那妞儿算得了什么，博士哪能稀罕她。"

阿炳从那边椅子上跳起来，义愤填膺地挥手："反正事已经出了，说别的都没用。伊处长，孙秘书，还有你，苏凡，如果真的把屎盆子往博士头上扣，给他什么不公正的处罚，我们就联合全国下放的人公车上书，把事往大了闹，不怕把官司打到人民的最高法院里去，反正赵大兴他们几个正窝着火手痒痒呢……"

"坐下，冷静点。"我喝住阿炳，"有伊领队在这儿，轮不着你领导人民自发起义。相信组织！"

王静也忍不住了，在一旁嚷嚷："博士的事就是我们的事，委屈博士就是委屈我们大家。如果上书我第一个签名。到今天我算看明白了，我们是既结合不进去又抽身不出来的流浪的一群，也只好彼此相依为命了。"

次日一早，孙秘书转回来说，县委田书记要见我们。 我陪伊腾立刻过去了。

"伊处长，好久不见，坐，坐。 县里事太多，你来了几次，我也没能抽空看看你去。 出了这么一档子事，这都怪我们平日里管教不严，工作不够细致。 我让公安局局长亲自去找张三，他一害怕，把实话全说了，承认自己根本就是无理取闹，打了博士，还往老婆裤衩上抹了自己的东西想拿去敲诈一番。 现在他正在局子里扣着呢，我想问问你有什么处置意见？"

我听得一阵阵感动，险些热泪盈眶从椅子上栽下来。 偷眼再瞧伊腾，见他依旧面不改色，不卑不亢，还在继续谦虚："要怪就怪我们的思想工作没跟上，我们的同志太年轻，缺乏经验，书生气十足，对社会缺乏了解，还得请您多多指教，给补上这一课呀。"

…………

伊腾不愧是军人出身，办起事来雷厉风行，干净利落。他在县里住了三天。 第三天下午，他与北京院部通了半个小时的长途电话，然后通知博士提前结束下放锻炼，即刻返京。 同时还宣布一条新纪律：掌灯以后不许与当地异性单独接触；只许交流思想，不许交流感情。 争取平平安安返城。

决定做得非常突然，也十分果断。 恐怕也没有比这再好的决策了。

翌日一大早，博士搭乘伊腾的"红旗"轿子一道回京。我们一大群人怀着复杂的心情给他送行。

阳光依然明晃晃的。路边还有一些残雪未化，上面浮着黑乎乎的尘土。一阵冷风刮过，枯干的树枝碰撞着，发出噼噼啪啪的响声。博士戴了一顶当地那种旧式破棉帽子，帽檐压得很低，试图遮住脸上的青紫伤痕。他站在一边，呆呆地看着阿炳他们把他的行李塞进后备厢，不说话，也不插手。一副黑墨镜把眼里的表情也给严严实实地遮住了。他走到我跟前，伸手在贴身衣兜里摸索了许久，终于掏出一大沓诗稿，塞在我手中："没什么意义了。留给你看着玩吧。"

"多保重。回京再见。"

车子载着博士渐渐远去，慢慢消失在残雪覆盖的原野尽头。

我翻开诗稿，见扉页上是水墨轻勾的满天若隐若现的飞絮。

在"流浪族"的题名下写着几行工整的小诗：

春天的坟墓散发着桃花的香味
送葬的队伍兴奋地敲打着鼓槌
娶亲的哭声驱走了寂寞的狗吠
我们死了就会静止成松针

我长出了一口气。抬起头来，极目远眺。在博士经过的路上，一排排经历了四季轮回的白杨树，正在瑟瑟的风中兀立着。

废墟

废墟早在撒旦他们这些个画家诞生之前就已经废在那里了。 一百多年前，英法联军端着洋枪攻进北京城里，不住地烧杀抢掠，一把火就把好端端的一座宫殿变成了灰秃秃的一堆废墟。 大凡能氧化燃烧的物质，全都纵身化了灰，成了有机物。 剩下一堆点不着的石头瓦砾，则以无机物的形式千疮百孔地撂着，半梦半醒之间，追忆着灿烂荣耀的往昔。 从西伯利亚斜过来的冷风，岁岁年年敲打着复活下来的荒草老树，树枝子嗷哑嘈杂不住地怪叫，茅草丛也跟着哆哆嗦嗦抖个不停。 泥沼之中逐渐升起了四季不灭的苇子花，盲目地随风跳着没心没肺的舞蹈，全没有一点点国破家亡的忧思。 废墟虽是废得不能再废，却时不时让争相繁衍的虫豸水蛭们搅出一片乐园的欢欣。

画家撒旦是在一个秋季的傍晚偶然走到这里来的。 那时候严霜还没有降临，刺梅的叶子上还残留着一丝夏末的气息。 一群群候鸟在这里短暂地憩息之后，将继续朝着南边迁徙。 暮色很重地垂落下来，很快就罩住了撒旦瘦长并略微有些驼背的身躯。 撒旦已经走得很疲惫了，他不知道自己究竟已在城市里飘浮了多久，依稀能感觉到的，只是自己浑身积满了黄色的灰尘和馊烘烘的汗臭。 原来飘浮并非像他所想象的那么简单和轻松，悬垂状态原来也是很累人的。

　　撒旦在一棵树前停住脚步，把手弯到背后，又顺势延展到身体两侧，做了一个卸下辎重的动作。 然后他轻轻捶打着僵直不肯打弯儿的双腿，艰难地坐了下来。 水汽飘飘袅袅地升腾，很快就在四周挂起了一道雾帘。 城市纷乱的色彩渐次朝后退去，废墟清冷的芜杂缓缓向前袭来。 撒旦舒了一口长气，眯缝起双眼，看见几只惊醒过来的寒鸦，正扑棱棱从宿栖的树上飞起，不情愿地呱呱叫着向灰蒙蒙的远处蹿去。 那些轻捷的黑炭般的影像激起了撒旦无限的游思，把他黑洞洞的意识之门蓦地给惊震开了，记忆像鲜红的潮水一般汩汩地流出，一点一滴地在血管里漫开。 撒旦闭着眼睛，梦游一般张开双手摸索着向前。 尖利的树梢、柔曼的草尖、狰狞的朽石——在他的指尖上划过，给他留下一丝丝冰凉的温暖。 那种鲜红的暖意渐渐积贮成完整而深刻的刺激，让他产生一种如临深渊般的狂喜的震颤。 他浑身大汗淋漓，遏制不住幸福而又痛苦地狂喊：

　　"我操！"

　　而后他迅速起身，重整衣冠，迈着全新而富有弹性的步伐快速离去，不一会儿就消失在落叶翻飞的秋季城市里，只留下脚步声在废墟的空旷中回荡了许久许久。

　　那时候，这座城市的大马路和小胡同里，各种各样的艺术家像灰尘一般一粒粒地飘浮着。　一九八五年夏末的局面就是城市上空艺术家密布成灾。　他们严重妨碍了冷热空气的基本对流，使那个夏季滴水未落。　干旱一直持续到了秋天。各种传染病相继流行，密云水库水位下降到历史最低点，城市饮用水短缺，工业用水产生危机。　郊区的农民更是叫苦不迭，他们悄悄到庙里举行各种祈雨仪式，暗暗诅咒是哪个挨千刀的作孽，得罪了龙王爷。　他们万万想不到的是，这竟是因为城里的艺术家太多，全是让精英密集给闹的。

　　艺术家们自己也正憋闷得喘不上气儿来。　这个夏季实在是燠热难耐，把他们身上裹的水磨蓝的牛仔裤烤得火辣辣的，裆里的活儿给捂得一阵一阵地发炎，去泌尿科检查后得出诊断结果，说是包皮快要给磨烂了，已经有一两个白细胞在尿碱里头英勇出击，全力驱赶来犯之菌。　说起来这事也难怪，这是一群没有行过割礼，或割过以后又顽强再生了的艺术家，循规蹈矩的现实主义日子是不情愿再过了，总在琢磨着换一个新鲜的活法儿。　老式的大裤衩和老头衫什么的虽然透气风凉，却早就让他们瞧不上眼了，只是碍于面子才没敢公开唾弃。　招他们喜欢的是那种挺括的牛仔粗布，一年四季里不下身地穿。　不透气也不要紧，自有办法让它往里灌风，只要在牛仔裤的膝头和后臀尖部位挖出四个小窟窿，这不就全部解决了吗？　若是再在洞口周围打磨出参差不齐的毛边，就完全是一派浑然天成的意思啦！

　　稍微有点可惜的是，这毛边一根一根磨得太工整太精致了，处处都流露出人工仿造的痕迹，以至于它始终都是一种临摹，而永远成不了创作。艺术家们不免有些垂头丧气。

　　原来这玩意儿也是被人家穿滥了的。有什么能比穿人家穿过的裤子更没劲的呢？尤其是在这么个响晴白日的天儿里，没劲就显得愈发没劲了。焦灼和烦躁让艺术家们痛苦得无所事事，创造之火在地底奔突却没有合适的井口喷涌，艺术家们脸上的痤疮憋得此起彼伏。万般无奈，他们只好蓄起了胡须，留起了长发，试图以一种胡子拉碴不修边幅的废墟面目，把内分泌不畅的粉刺状态刻意遮掩住。

　　于是这一年夏天，老百姓们只要一出家门口，就到处都能看到许多鼻子不是鼻子脸不是脸的乱蓬蓬的脑袋在大街小巷里游窜。

　　年轻的画家们在撒旦的煽情指引下，半信半疑厌厌倦倦地跟着他来到废墟。刚一进去，他们的眼睛就"唰"地被刺了一下，惊得几乎说不出话来。废墟以那样生动的存在无情地剥落了画家们矫情的伪装，照得他们近乎赤身裸体，立时让他们感到四肢瘫软无力。原来废墟是真实存在着的，是先他们许多年就早已存在着的。它充满着并贯穿了他们诞生与成长的这个世纪。废墟就是废墟，废墟不是他们在脸上刻意修剪出的那种参差不齐脏兮兮毛烘烘的玩意儿。废墟成为一种象征和隐喻，昭示着一个古老而又永恒的命题。废墟竟是那么一种有着无尽含义的东西。它存在着，人们却忽视了它，一直都没有去破译这个谜。

画家们静穆地肃立着，用心比照着，揣度着。终于，他们从各个不同的角度获得了最初的真理：

"废墟！火！我！涅槃！"

"废墟！花！你！荒原！"

"废……费厄泼赖！"

"废墟！德谟克拉西！"

…………

"废墟画派"成立宣言：我们都是迷途的羔羊。我们不是荒原狼。孤独不是我们的向往，我们必须成群结队才有力量。

　　《中华大百科全书·文艺卷·F类》记载：F：废；废都；废墟；废墟画派：崛起于二十世纪八十年代中期。代表人物：撒旦、鸡皮、鸭皮、屁特。代表作：《存在》《我的红卫兵时代》《人或者牛》《行走》。影响或者贡献：唱念做打俱佳，呈前卫状，作先锋科。在纯洁绘画语言方面开了中国后现代艺术的先河。

"撒旦""嬉皮""雅皮""痞子一代"（又称"垮掉的一代"，the beat generation）这些荣誉称号，得益于傻蛋他们自己处心积虑修饰出来的外部包装。傻蛋最初听到有人称自己是撒旦时，内心里着实惭愧不已。他在心里头说，我连上帝的毛都还没摸着呢，更别提什么叛逆出卖他老人家了，就因为牛仔裤露膝露腚，就随便拿我和撒旦相媲吗？ 这不是空担了一个混世魔王的虚名吗？ 鸡皮和鸭皮也给叫得惶惶不安，总觉得自己从小到大一直是吃干饭拉稀屎，也没下出过什么真格的蛋，没能正儿八经地标一把新立一回异。 小屁特就更不用提了，懵里懵懂地不知道自己究竟屁在哪里。 据说洋屁特腻烦的是"工业文明""物欲横流"什么什么的，可是俺们反叛的到底是什么呢？ 于是就土屁土屁地怀着老大的纳闷儿，像一股气儿似的没有负担，内心却隐藏着带味儿的不安。

不过，从小营养不足，基本功没有练好又有什么关系呢？ 只要时候一到，锣鼓点儿一敲，撒旦鸡皮鸭皮屁特他们真就敢抄家伙，青衣老旦小丑架子花地噼里扑棱耍起棍棒刀枪，"咔嚓""扑哧"，一个小卧鱼儿就翻上了场。

撒旦："孔子——"

鸡皮："老子——"

鸭皮："耶稣——"

屁特："释迦牟尼——"

合："所有的神，所有的人，你们都来吧，都来吧！ 让我用画框拥抱你们，用一大堆混乱的颜色来编织你们。"

《存在》：作者撒旦。 画展一进门处，用一堆砖头支起来一个金属画框，一个四方形的巨大空框。 从框里往外望去，能看到前来观展的人正鱼贯而入，人流熙熙攘攘。 脑袋探进框子里的角度不同，进入视野里的物体也各不统一。 往低处看，是大大小小的脚；往高处看，是奇奇怪怪的脸；往平处看，是粗粗细细的腰。 背景则共同是灰灰蒙蒙幽深莫测的一片废墟。 记者们前来采访，每次拍下的《存在》的画面都不一样。 报章杂志上就刊出了原生态的各不相同的《存在》。

作者题跋：一切的虚无皆是存在。 一切的存在皆是虚无。

《太平洋狂潮》评论综述：

A 类：多么深厚且富有弹性的艺术空框！

B 类：瞎掰。 《存在》存在吗？

《我的红卫兵时代》：作者鸡皮。 鸡皮从废墟里掘来许多烂泥，一把一把掼到画布上。 然后他骑上画框，撒了一泡很长很长的浊尿。 一摊浓黄悄无声息地洇过画布，漫延淋漓出很大很不规则的图形，很醇，也很臊。

作者画中题诗：这是我今晨第一泡童子尿，昨晚我头一次没跟女人睡觉。

《太平洋狂潮》评论综述：

A 类：金盆洗手。 纯度无可比拟。

B 类：尿的这是哪一壶？

《人或者牛》：作者鸭皮。 这是鸭皮熬了几天几夜，用电脑绘制出的杰作。 他把维摩诘的人像及毕加索的死牛一股脑地输入磁盘，结果机器里就吐出来一幅牛身人面图。 一根根曲线交错扭结打着莲花络，好似金蛇盘根交尾，又仿佛在做着滔天欢喜图。

作者画面题诗：吃的是草，射出来的是粪。

评论综述：

A 类：杂交是艺术的最高境界。

B 类：不要脸的骚货。

《行走》：作者屁特。 荒郊野草滩中，羊群倒立着四脚朝天地行走。 羊儿们浑身溜光，只披着乌突突的羊皮。 两头牧羊猪，乌克兰公和乌克兰母，穿着暖暖和和的羊绒坎肩，呼噜噜地啃着白水煮羊头。

画面题诗：羊毛不在羊身上，羊毛全在猪身上。

评论综述：

A 类：二十世纪最深刻的寓言。

B 类：端的羊毛能养猪？

"废墟画派"一出现，首先让那些留过几天洋、见过大世面的评论家兴奋得睡不着觉。 他们一直都在处心积虑地思考着把国内艺术同国外线路接轨的问题。 接不上轨就开不出去车，好货就得烂在窝里。 这下可好了，"废墟画派"总算把这种疑虑给解决了，沉闷单调的日子总算可以借机捏出个响来了。 于是他们赶紧三更半夜地从被窝里爬起来查各个语种的双解辞典，要给废墟画家们穿上一件最新款的衣裳，把他们包装打扮得豁豁亮亮。

好在那时候啥都想接轨都没有接上轨，伯尔尼版权公约和关贸总协定还制约不着中国的文人墨客，进口名词自由入境根本不用上税。 评论家们就选用了最潮湿最带劲儿的"先锋""前卫"等名词或形容词，试着往撒旦他们身上比量比量。 这多少还带着点大胆的冒险精神，因为过关的时候还要经过检查呢。

果然不出所料，过关时还真就被机器卡住了。 原因是海关的信息储存器里，对于"先锋"只存入了这么一条：

> 先锋者，积极要求进步，积极靠近组织，刻苦攻读马列毛主席著作，又红又专，热爱劳动，积极主动和同志打成一片之分子是也。

全自动电脑操作系统不知道这等庄严神圣的词儿用在该生撒旦身上是否合适。 由于程序一时全乱了套，红绿灯信号傻子似的乱闪个不停。

机器分辨不清的问题，最终当然要由人来解决。 于是海关人员就说："先把球踢到下边去，议一议再说吧。"

话题就给引到了球场上。 小脑十分发达的运动员们纷纷发表了看法。 不仅原来就踢前锋的人对此有意见，就连原来不踢前锋也没打算踢前锋，以及原来不踢前锋但一直想踢前锋却总也踢不上的也都有意见了。

前锋说："这帮小屁特也叫前锋，那我们叫啥？ 我们这前锋不白前锋了？"

　　打算踢前锋的说："前锋要是像小屁特他们那样子，那可太让我们失望了，一辈子都白苦苦地争了。"

　　不打算踢前锋的说："我原来对前锋多多少少还挺敬佩的，这样一来，就更没啥念想了，趁早拉倒吧。"

　　也有一直当替补上不了场的，就挺淡然地说："这有什么呀，矬子里面总得拔出个大个儿来，前锋总得有人踢，谁去踢还不是一样。"

　　一时间竟有些莫衷一是。

　　就这么着，从夏末一直议到深秋，雹子也下过了，霜也下过了，紧跟着来的就是冬至。憋了一夏天的水分攒成鹅蛋大小的雪花，劈头盖脸地恶狠狠砸下来，西北风打着旋儿呼呼呼地恨不能一口把废墟卷平。老百姓们不顾严寒，纷纷攘攘地从四面八方拥来，在废墟里踏上了亿万只脚。当然这并非想让它永世不得长草，而纯粹是由于人民群众喜爱运动的天性使然，不过是借机会活动活动腿脚罢了。

　　也有极个别专爱制造热点，爱爆冷门抢独家新闻的记者，也扛上相机大老远地跑来凑热闹。还没进门，老记就在《存在》里头定格住了，足足惊呆了十几秒，才抖搂掉身上的雪花，按捺不住地高声咏叹道："休看它只一片断壁残垣，却原来姹紫嫣红都开遍。这妖冶邪性的花儿越来越鲜艳，看来人们放的屁全都成了浇灌它的肥料了。"

　　"良辰美景奈何天。"老记起了一个兴，举着话筒凑到撒旦他们跟前，"哥儿几个还有什么进一步的打算吗？都给咱说两句。"

"赏心乐事咱家院。"撒且守着他的《存在》,沉静地答道,"从来就没有什么救世主,也不全靠我们自己。"

"梅花欢喜漫天雪,浑身是胆雄赳赳。"鸡皮说。

"去留肝胆两昆仑,我以我血荐轩辕。"鸭皮说。

"自古英雄谁无死,我是屁特我怕谁。"屁特说。

老记若有所思地点着头,咔嚓咔嚓使劲拍照,急着赶回报社发特稿。也不知他的运气怎么那么好,那天他所拍摄下的《存在》,画框里捕捉到的竟是正走红的影视大明星东方美妇人的倩影。稿子第二天就上了头条,这下更是轰动得不得了,不光是人民群众,就连平日里一向尊崇"文人相轻"、爱在同行的脚后跟点"二踢脚"的艺术家们也都给招来了。艺术家们伸长了一直龟缩在大衣领子里观风向变幻的脖子,瞪大莫名其妙的眼睛,在《存在》里存了存在,在尿臊味里做了几个大幅度的深呼吸,又被人与牛的体位倒错和倒立行走的羊所启迪,然后,醍醐灌顶似的,憋在壳里的魂灵立时就脱颖而出,附了形体,不再忽忽悠悠地跟肉体分离了。

灵与肉这么稍微一统一,艺术家们身上的那些个火立时就败下去了,大便也通畅了,痤疮也不起了,闭起门来就开始造车,推着小车颤颤巍巍地上了道,朝着摸不准的感觉逐渐逼近,最后终于一拨拨地固定到位,在下落的过程中不断把残雪未消的路面扑哧扑哧砸出一个个麻坑。

在洁白的道路上五颜六色地走吧

狗像影子一样不小心闪了腰

空寂的芬芳

冬天来了,春天还会远吗

诗人的这么几句话表达出了艺术家们的共同心声。

记者一看,小稿有了这么大的反响,乐了,赶紧进行追踪连续报道。

记者:"请谈谈当'先锋'的感觉……"

撒旦:"我傻蛋连撒旦都当了,还在乎当个先锋吗?"

记者穷追不舍:"不要这么简约,请再具体说说。"

撒旦:"已经再具体不过了。先锋就是存在,就是我的红卫兵时代,就是人或者牛,就是行走。"

鸡皮:"先锋就是进口超重低音音响,可接 CD 唱盘,卡拉 OK 功能完美齐全。"

鸭皮:"先锋就是国产特效消炎药,头孢氨苄糖衣片,I号II号III号IV号V号VI号,败火祛痰。"

屁特:"先锋就是赛场上永远打前场的。我想操谁就操谁。"

一大堆意见反馈到海关人员耳朵里,搞得他晕头涨脑有点不耐烦了。海关人员把手一摆,说:"这也先锋那也先锋,都先锋了,还先个什么锋!我还有好多重要的事情要做，没时间跟艺术家们缠磨。 放行算了，我看没什么大不了的。"

"先锋"就这样大摇大摆地运进来了。

坚冰已经打破，道路且喜畅通。 既然连"先锋"都过了关了，那么还有什么能检疫不合格的呢？ 批评家们敢想敢干，瞅准时机，再接再厉，又用集装箱塞满了成批成批的"主义"，装到远洋货轮上往国内进口。 据不完全统计，那一年批发和零售的主义总共有：结构主义（解构主义和建构主义统归这一类），兽道主义（人道主义和狗道主义统属这一门），存在主义（包括不存在主义），正弗洛伊德主义（以及反弗洛伊德主义），旧权威主义（以及新权威主义），前现代主义及后现代主义，上形而下主义和下形而上主义。

…………

"废墟画派"给归为"解构主义的普遍原理与中国国情相结合的时代产物"。 这下子又让从小到大只听说过并忠于一种主义的撒旦他们感到心里七上八下地不落底。 傻蛋变成撒旦，多多少少还沾点边儿，撒旦成为先锋，也恍恍惚惚具备了某种可能，一切还勉强算在情理之中。 如今又要苦撑着扛起一门子主义，实在让他们觉得有些吃力。

撒旦说："大人先生们行行好，别再往前逼我们，好歹也是几条人命。 让我们顶多也就先个锋得了，别再主义行不行？"

评论家劝慰说："你且把心放回肚子里，好好揣着吧。

主不主义都是由我们鼓噪呢，说你主，你就能主。 都先锋起来了，还能不主一种义？ 如今人们都在主义，你不主义也没道理，显得落伍，成心跟别人过不去似的。"

撒旦说："那好吧，我们权且主着。 多咱看不行了，您趁早换人。"

大张旗鼓地主了一阵子义以后，一点儿惊天地泣鬼神的变化都没有发生。 该吃饭还吃饭，该睡觉还睡觉，该画画还画画。 中国的政治制度社会结构经济体制该向哪个方向还向哪个方向。 弄得撒旦他们心里反倒有些泄气，空落落的，白担惊受怕趾高气扬地企盼了一场。

撒旦领着儿子小旦坐在游乐园的高空缆车上，用浑浊的目光打量着脚底下的这座乌乌蒙蒙的大城市。 一九九〇年的城市高高低低，长短不齐。 没有打夯机的轰鸣，也听不见搅拌机的歌唱，可一幢幢高楼却在看不见的魔手的支配下，幻影般地照样成长着。

所有的变化都在悄无声息又仿佛井然有序地进行着。 在高空缆车慢慢向下滑落时，撒旦止不住又留恋起刚刚逝去的辉煌上升时代。 那首老掉牙的歌曲又在他耳朵边上响了起来：

啊八十年代八十年代八十年代

你比鲜花更加逗人喜爱喜爱

啊八十年代八十年代八十年代

指引我们走向未来走向未来

不管怎么说，一九八五年都是艺术和艺术家大放异彩尽领风骚的一个年份。撒旦领着儿子小旦坐在一九九〇年的高空缆车上，追忆起一九八五年的文艺复兴气象时，泪水甚至几次都差一点打湿了他的眼眶。一九八五年的情形基本上就是这样，什么都主义又都主不了义，什么都先锋又都先不了锋，什么都存在又都不存在，什么都错了位都变了形，什么都看得懂又都看不懂。人们都瞪大了白色的眼睛在寻找着黑色的光明。

"签名！"

"签名！"

人民大众都满怀着无比激动的心情，把艺术家们团团簇拥在当中，通红的脸孔，热情的手臂，嘶哑的喉咙，如痴如醉地朝拜起新时代的先锋。小旦他娘，那个可人儿朱丽叶不就是在一九八五年的冬天对撒旦进行狂热崇拜的吗？撒旦在她胸脯上签名的时候（当然是有一层衣服在笔尖和肉体之间作阻隔），能感觉到她的心像小兔子一样正在胸口急遽地跳动。那种过电的感觉每每回忆起来都让撒旦的手指尖感到麻酥酥的瘙痒。

在那个艺术的短暂的回光返照时代，艺术家又一次成了公众的图腾。图腾也不是说全部都能图得了腾，那些连包皮也没剩下，给割得不具形状的，就没法成为图腾了，就时不时地发一发牢骚，讲一些怪话，有些在时代车轮滚滚下流离失所的悲怆。 有人失落，就有人上升，艺术是艺术家的事，谁也管不着，气死老百姓。 但凡正常的就被鉴定为老古董，一切反常的都能成为反英雄。 艺术家的瞎眼、口吃、秃顶、脚气、癌症、吊儿郎当、流里流气，全都成为一种个性的象征。 艺术家又被捧到一个高度上，鼻子孔儿朝天，下眼皮儿一个劲儿地朝上翻，牛皮烘烘的，不爱理人了。 他们开始故意把人民大众摒弃到艺术之外，要与老百姓扯开一段距离了。

书上是怎么说来着，凡是脱离了群众，不为老百姓服务的，人民就不买你的票，亏你个十万八万的出场费，让你元气大伤，一蹶不振。

想想吧，历史上，每逢这种情况发生的时候，史家们紧接着将要描述怎样的局面呢？ 艺术的孤芳自赏，穷途末路，全面大溃退，整顿我们的作风，肃清一些流毒和影响，开展批评与自我批评，会员重新登记，清理阶级队伍，吧唧吧唧地再痛打落水狗，费厄泼赖可以缓行。

"废墟画派"果真未能免俗，紧紧地循了这条颠扑不破的艺术规律去了。 他们就在急起直升，扶摇直上的当口，却"扑哧"一声，一头栽落在一九八九年秋季的全国艺坛大比武中，直跌得腰椎间盘突出外带颈椎弯曲，顷刻之间就瘫痪下去，长期卧床不起。

一九八九年艺坛大比武的结局实在出乎撒旦他们的意

1994 年写作小说《先锋》时

1997年12月天津蓟县《小说月报》发奖会合影,从右至左为兴安、李敬泽、李师东、毕飞宇、刘醒龙、徐坤

1997年夏天写完《厨房》之后到长春签名售书,旁边戴草帽者为作家海男

2007年11月13日,北京铁道大厦,全国青创会上与乔叶(左)、鲁敏(右)两个小朋友在一起

2018 年 9 月 12 日《人民文学》主编施战军(中)、副主编徐坤(左)到徐怀中(右)家商议《牵风记》的修改

2019 年 6 月 16 日《小说选刊》采风团在沈阳故宫门前。从左至右为刘壮野(沈阳市委宣传部副部长)、蒲荔子、柳建伟、笛安、金仁顺、邵丽、李敬泽、徐坤、老藤、肖克凡、龙一、徐则臣、张启智

颁奖典礼

2019·12

2019 年 12 月 6 日,中国现代文学馆,《小说选刊》主编徐坤(右)、《中国作家》主编程绍武(左)共同为写出《猪嗷嗷叫》的云南作家李司平(中)颁发第十届"茅台杯"《小说选刊》年度奖新人奖

料。 当他们接到通知，爱答不理地从巡回走穴展出的场子来到比武地点时，发现显眼处的位置早被先来报到者占据了。真个是群贤毕至，少长咸集，各个品种的艺术家都把修得的新潮本领拿出来演习操练，跟最初那会儿相比，艺坛的变化简直是翻天覆地！

率先上场的是画家的一奶同胞兄弟，汉字书法家。 书法家端了把椅子坐在台上，慢慢脱了鞋袜，露出两只乌漆麻黑的脚模丫子，把大小狼毫夹到大脚趾与二脚趾之间的脚趾缝里。 然后，嘴里叼起口琴，手里拉起胡琴，两腿齐抖，双管齐下，脚底生敏。 一曲《扬基都得尔》奏毕，一幅龙飞凤舞略带些臭咸鱼味儿的脚书也同时完成了。 当场裱好，挑在旗杆子上迎风招展，明码标价开始竞卖。

接着来的是小说家。 小说家的事业是人类灵魂工程师的事业。 小说家一手拿着泥抹子，一手拎着水泥桶，把12345678几个阿拉伯数字一层层地往起码。 码完了，还剩一个9，9自手。 一条龙上听，推倒，和了。 自己连喝几声彩，用帽子转圈向围观者收了那么十几张票子，点了点，还略有个小赚，不由得心满意足。

而后上台的是诗人。 诗人在古典的阳光辐射下纷纷受孕，在遥远的瞎想年代里喝着祖宗的羊水，产下一批批面目模糊的黄种试管婴儿。 还未等满月呢就插上草标急着卖孩子，丫头小子被贩子们抱走时诗人还假模假样地大哭小叫，待到人走远了，这才抹抹鼻涕，把钱偷偷掖进了裤腰。

一阵管弦乐器的轰鸣传来，交响乐队排队上场。 小提琴轻抽浅送咯吱咯吱卖弄着技巧，乐队指挥扭着胯骨又蹦又跳，钢琴手把十个指关节来回捏出噼啪噼啪的黑白音响——不这么戕害自己观众就不给鼓掌。

戏园子里也是一番新气象。 演话剧的都不言语光打哑谜，没有独白不再对话，男男女女在台上眉来眼去，你看我，我看你，勾肩搭背地吊膀子，彼此爱得死去活来，爱得实实在在，爱得不明不白。

京戏里头再也不用唱念做打，西皮二黄全被某某人 Rap 所代替，一大群龙袍马褂凤冠霞帔花赤虎脸，伴着打击乐，嚼着口香糖，在台上一个劲儿喋喋不休地饶舌，涌现出一个又一个的饶舌王。

这下可把"废墟画派"的人给看傻了，眼珠子一眨不眨地难以转动起来了。 他们万万没有想到哇，就在自己的部队艰苦跋涉，走出根据地，到处扩大战果的时候，一大群"后先锋"和"后前卫"已经呼啸着打到前场来了！ 这不明摆着是犯规动作吗？ 这还了得？ 不行，得赶紧找赛事委员会的人说理去。

大赛组委会负责人说："规矩都是在事物发展过程中自个儿定下来的，这事谁也干涉不着。 反正是谁最潮，谁的价码高，谁就能摆在前头。"

废墟画主们忍气吞声，只好在后院的一个角落里设下了展台。 没了一进门的显眼位置，《存在》也就失去了存在的意义。 那一幅空框吊在墙上，框住的，也不过是一块块斑驳的墙皮。 没有人前来观看，画布上的尿臊味自然也就再发挥不出沁人脾肺的威慑力，熏不着别人，倒全让自己这一伙儿呛进肺管子里去了。

撒旦鸡皮鸭皮屁特他们终日垂头丧气地枯坐着，眼瞅着自己门前冷落车马稀，别人却春风得意马蹄疾，一口窝囊气憋得，直蹿向脑门子去了。 撒旦上火，急得满头青丝摇摇欲坠，大有刚刚而立就秃瓢的意思。 鸡皮也浑身上下到处起满了鸡皮疙瘩，鸭皮的鸭蹼上生出了脚气，屁特也重新犯了痔疮，难受得不能坐不能立的。 脱离了废墟，他们就仿佛失去了天启。 一切的痛苦与幸福、悲怆与激情也都离他们远去。剩下的，不过是无谓的故弄玄虚。

据《二十世纪新浪潮艺术史料》载，一九八九年秋季，"废墟画派"全体中层以上干部会议在废墟里召开。 与会成员就共同关心的问题进行了广泛深入的探讨。 经过几个回合的论战，最后却未能达成共识，没有达到拨乱反正的预期目的。 这次会议标志着废墟画派的全面解体。

所讨论的生死攸关的重大问题列出如下：

1. 关于由谁来当新画王的问题。

2. 有关朱丽叶本该成为小什么娘的问题。

3. 关于该不该让俞木墩入会的问题。

4. 关于走穴收入分配不均问题。

5. 关于出国名额分配不合理问题。

6.挂靠成正处级单位后任职不公问题。

上述这些问题一条条摆到桌面上以后，首先感到惊诧的就是盟主撒旦，撒旦惊得险些一头栽倒。所有的问题，竟都是冲着自己来的。没有一件是跟艺术、跟这次比武的失败沾边的。看来革命队伍内部早已隐伏下了巨大的危机。

此时的"废墟画派"已经由民间自由结社的艺术团体，挂靠成为艺术研究院下属的正处级国家研究机构，列为美术局废墟处，办公室设在黑石桥三里沟。处长一名，由撒旦担任；副处长三名，分别是鸡皮、鸭皮和屁特。下设大小科室十个，正副科长二十余人。在编人员共一百零七个，第一百零八个人俞木墩属于个人挂靠系列，在职不在编，因为他的户口进城问题不太好解决。

一想到这些显赫成绩，撒旦心里不由又升起无限感慨，没有我撒旦的鞠躬尽瘁，会产生今天这队伍壮大的奇迹吗？一生功绩，谁与评说？！如今刚刚受到一点挫折，革命遇到低潮了，就纷纷想要跳槽，临走，还要把黑往我一人的脸上抹。艺术家，果然是最不仁义、最不道德、最不团结而只能打击的一堆白眼狼啊！！

撒旦静下心来，倒要听听哪个跳出来先说。

鸡皮果然跳出来说："依我看，首先该把这些待遇问题弄清了。要不，我们心里头就总揣着股劲儿，艺术水平呢，也休想上得去。"

"嗯。"撒旦耷拉下眼皮，"说吧。"

鸡皮说："大哥，我们知道，您有《圣经》做靠山，是正宗，是源。我们这些人都是派生出来的，是旁枝，是权。但是，您也不能总拿着画框占着显眼位置呀。打个比方说吧，现如今，先锋音响已经不行了，现在已出了大屏幕彩色超立体声环绕新画王……"

鸭皮说："还有画中画。"

屁特说："还有王中王。"

鸡皮说："对。新的出来这么些，老的，该退的就退了。"

撒旦说："你们这是事先合计好了一齐冲我来的吧？傻×你们！先锋就是先锋，先锋不是后先锋，先锋也不是后前卫，先锋更不能被新画王给代替，这个你们懂吗？"

鸭皮接着跳出来说："既然让我们说，我就实话实说。朱丽叶的事，我一直心里有看法。当初让大家签名的时候，您在她胸前签完了，就护着她，让我们把名都签到后背上去。您有什么权力这样做？否则的话，朱丽叶说不定会成为我们小鸭的娘呢……"

鸡皮说："成为小鸡的娘……"

屁特说："成为小屁的娘……"

鸭皮说："是的，凭什么她单单成了你小旦的娘？"

"瞧你们文化人这点操行，总是图谋朋友妻女，连个兔子都不如。那兔子还不吃窝边草呢！有种，你们勾她去，只要她愿意，我撒旦情愿拱手相让。"

停了一下，人人都把杯子里的水喝了一口。

屁特说："为什么俞木墩总捎香油给你？"

鸡皮说："还捎木耳……"

鸭皮说："还捎蘑菇……"

屁特说："他总给你进贡是什么原因？ 一个农村美术爱好者，也能入'废墟画派'？ 活活把全处的受教育程度拖下一个档次去。 别人入会时，都有两名具副教授以上职称者推荐，他可倒好，拎两瓶香油，挎一篮子小枣，就成会员了，这中间不是明摆着有猫腻吗？"

撒旦说："猫腻狗腻，喝一壶就知道了。 你们有能耐也剪个纸，也剪出个'猫抓狗抓老鼠抓'连环套，我就服，我就撺俞木墩走。 除了挤兑人家，说风凉话，你们说你们还有哪个拉过他一把？ 要不是我不拘一格收人才，俞木墩这个乡土怪诞奇葩早就在乡下憋死了。"

会场一时静寂得没话说了。

鸡皮见说什么给噎回去什么，不禁心里愤愤的，索性一竿子戳到底："出差的事情也不公平，凭什么你总去大地方远地方，留下小地方近地方才让我们去？"

撒旦说："这个可得问你自己。 你鸡皮懂几门外语？ 安排你和屁特兄弟去港澳台地区，不冤枉吧？ 我和鸭皮学历较高，都懂两门以上外语，欧美大（也就是大洋洲喽）跑得勤了些。 那些基层干部也有外语好的，还没能轮上呢，你说你还委屈个啥？"

鸭皮说："收入分配问题也应该增加透明度。"

撒旦说："一看你就是一脸知识分子穷酸相，出国还紧着啃方便面，缺钱花不要紧，大哥我多拉点赞助，再多派你出去几次，美元不就攒下了吗？何必在乎国内走穴那点小钱呢？"

屁特说："那么挂靠的事又怎么讲？为什么就你一个人正处，哥儿几个都是副的？"

撒旦啪啪地拍胸口窝："你丫的还懂不懂点人心了？我挖门盗洞地找路子，挂靠上一个国家机关容易吗？我让大家都有了固定工资和公费医疗，反倒落了一身的不是。一百零八人的废墟处，一个正处，三个副处，二十个正副科，还少哇？不少了。要不你们说怎么办？你们都当正的，我当副的？"

众人不再说话，各自拾掇拾掇细软，打点好行装走出门去，呼啦啦地作鸟兽散。

只剩了撒旦一人守着一九八九年深秋的废墟默默地发呆。

归去来兮

一九九〇年到来的标志，就是艺术家脏兮兮的长发一夜之间全换成了油乎乎的秃头。锃光瓦亮的秃头不分白天黑夜地在大街小巷里尽情地照耀，夜与昼的界限顷刻间模糊了。

无论是奶秃、脂溢性脱发、杨梅大疮，抑或是一本正经的削发剃度，凡是叫个艺术家的都想尽办法千方百计地把自己弄秃。 一脑袋瓜子秃瓢才适合于安装最新最美的假发，才能化装成商人、官人、头人、鸟人、闲人、袭人，挤进黄道红道黑道白道绿道上去装模作样地混事儿。

画家撒旦的秃法有点与众不同。 撒旦是在一夜梦醒之后发现自己被鬼剃了头的。 他用双手在脑袋顶上一搂，滑腻腻、湿滚滚的，枕上除了留下一个青皮脑瓜，缕缕长发早已无影无踪不知去向。

撒旦不由悚然一惊："没根了。 可算是六根清净了。"

撒旦不住地喃喃自语。 包装成"撒旦"和"先锋"的那个披头散发的小子一夜之间就不见了，剩下的，只是一个面白面白、圆咕隆咚的倭瓜形大号傻蛋。

"哦，是傻蛋。 是我从前的自己回来了。"

撒旦感慨万端。 "撒旦"还没当几天就进了绝境，洋技巧好像刚刚开了个头就已练到了顶。 剩下的还有什么呢？ 难道非得从头操练，把祖祖先先走过的道重新走一遍不可吗？

撒旦心烦意乱地把这个叫家的地方四下里仔细打量了一遍。 锅碗瓢勺，小旦和他娘，外加一幅画框。 只有储满回忆的东西，没有能惹起留恋的地方。

"走吧。 是该走了。 是时候了。"

撒旦对着镜中的秃瓢吻了一下，然后，扛起画框，蹑手蹑脚地迈出了家门。

"砰！"

世俗生活被他象征性地隔绝在了身后。

走了几步，撒旦又回转身来，掏出兜里的十几元钱塞进门缝，留作小旦这个月的买牛奶钱。

"傻蛋，这一大清早你又要到哪里疯去？"

背后传来朱丽叶的责问。朱丽叶穿着睡衣，蓬头垢面地站在阳台上。

"寻根去了。归隐去了。"撒旦头也不回地边走边说。

"寻根寻根，你寻个鸟根！"朱丽叶尖着嗓子，用花腔女高音嚷着，"归隐归隐，你归个屁隐！放着老婆孩子你不养，又要寻根，又要归隐，我看你天生就是神经不正常。听着傻蛋，有本事，你就一辈子都别回这个家门。"

朱丽叶歇斯底里的喊声，在清晨的雾水中震颤着穿过，分裂成细密的白色粉粒，呛得撒旦睁不开眼睛。他到底也弄不懂，那个喜欢追星、柔婉纯情的浪漫少女哪里去了？怎么忽然之间就变成了尖酸刻薄絮絮叨叨的管家婆了。鸡毛蒜皮庸俗透顶的婚姻生活可把他们俩给磨坏了。艺术已经给人生磨坏了。现代快要被现实给磨坏了。

困在城里的撒旦就像一条被揭了鳞的鱼，失去了往日璀璨的灵光，也无法自由自在地呼吸。

"走吧，"撒旦嘴里嘟嘟囔囔，"走出去，就得救了。"

撒旦不住地自言自语。 他扶了扶肩上歪歪斜斜的画框，一直朝北走，朝着看不见的城市边缘行进下去。 太阳升起之前，他想，他一定得走出城。

每一个窗口都放射出几缕枯黄的温馨或柔情。 雾霭中飘来女妖悠久迷人的歌声。 秃头撒旦正在苍茫的路上踽踽独行。 神不再为他提着那盏指路的红灯。 他只能用秃头为自己释放灰色的光明。

艺术的旺季在上一个秋天就已经彻底结束，春天的苹果树正在远处无望地开着一片片淡季的花。 撒旦一路上虔诚地托着他的画框。 他框框这个，套套那个，搁在这儿，撂在那儿，框来框去，左套右套，无论怎么框，框定的都无非是一片天、几块地、三两个人、一团浮尘。

"这个城市完了。 没有任何有意义的东西了。"

撒旦闷闷不乐地想。 他已经对这座城市感到了彻底的绝望。 他走啊走啊，却总也走不出城去，无论走到哪里，都能跟从前的艺术家们不期而遇。 大家都从秃头或假发里认出了当年的同党，于是便不好意思心怀鬼胎似的相互一笑。 对过眼光之后，又分道扬镳，把各自的路子走得更急、更响。

终于，当一大片金澄澄的麦子摇曳着招展着涌进他的画框时，行者撒旦狂喜着停住了脚步，站在麦田边上热泪盈眶："唵嘛呢叭咪吽……天！"

在一九九〇年夏天金黄金黄的季节里，艺术家撒旦不顾一切地一头扎进麦地，不停地思索起"我从哪里来""要到哪里去"这些锈迹斑斑还挺沉甸甸的问题。

　　俞木墩最先从撒旦的画框里跳出来登场。木墩一个"燕子展翅"亮相，然后，立定，撑开小黑伞，站在六月的骄阳下，毕恭毕敬地迎候撒旦导师。

　　这朵"乡土怪诞奇葩"，可是撒旦导师一手辛勤栽培、扶植起来的。自打俞木墩的剪纸连环套"猫抓狗抓老鼠抓"入了废墟画派，在京城里展出之后，木墩一下子成了小县城里的文化名人，不久就被提拔到县里，当了文化馆馆长，老婆孩子也一起跟去吃起了公家粮。若不是老婆阻拦，他还想把他的艺术启蒙老师，那个善剪窗花的八十多岁的老奶奶也一道接进县里去呢。

　　"忍得苦中苦，方为人上人哪！"

　　木墩心里头常这么想。

　　"吃水不忘挖井人！时刻想着我大哥。"

　　木墩同时也这么想。

　　虽然是当了个先锋，木墩也没有像城里艺术家那样把尾巴翘到天上去，他依然恪守着受人滴水之恩当以涌泉相报这个死理儿，按照春夏秋冬季节的变化，给撒旦导师兼大哥捎去时令土特产品，包括香油、木耳、小枣、蘑菇等。

　　"大哥，就您一个人来的？"

　　俞木墩恭候在路口的老槐树下，仰起了没熟透的向日葵一样的白里透黄的笑脸，热情地上前拉住了撒旦的手，接过了他肩上的画框。

"嗯哪。"撒旦甩了甩手，疲乏地应了一声。

"您这次是挂职锻炼呢，还是自费体验？"俞木墩试探着问。

"啥也不是。是寻根，归隐。"撒旦淡淡地说。

"寻个啥？闺……瘾……"俞木墩老半天摸不着头脑。

"寻根！归隐！"撒旦重重地重复道。

"……嗯，那什么，大哥，咱还是先到县上吃点饭，喝点酒，歇歇，缓过乏来再去办事。俺们县长待会儿还要过来敬酒呢！"

"木墩，肯定是你穷张罗的吧？我不是告诉过你别声张吗？"

"嘿嘿，大哥，瞅您说的，您是全国著名一流大画家，县长接见一下也是应该的。"

刚一照面时，俞木墩和撒旦都彼此吓了一大跳。俞木墩暗想，才多少日子不见，撒旦老师咋就这么土了吧唧的不艺术了？早先那会儿，撒老师那工作服裤子上都带好几个窟窿，头发都有两尺来长，一直披过肩膀，从来都是不骂人不说话。那风度，那气质，操，人那才叫艺术呢！我在县长面前还神道道地替他吹乎了老半天，哪承想，他现在也学说一口土话，变得这么土得掉渣，气质变得尤其差。唉。

撒旦心里也在寻思着，才多大一会儿工夫啊，你说，一个乡土奇葩，就演变成了城市癫瓜了。 哪像他第一次进京那会儿，脸色黢黑，一口大黄牙，秃头上遮着一顶耷拉檐的确良黄军帽，把一大堆剪纸用小包袱皮里三层外三层地裹着，见谁都叫大哥，见谁都叫老师，多纯朴，多执着！ 一晃，怎么奶秃就治好了，长出一脑袋黏得直打绺的乱草来了？ 瞅那牙也白了，裤子上也磨出窟窿眼儿来了，简直艺术得不能再艺术了。 这全是废墟画派艺术熏陶的结果啊！

路边停了一辆桑塔纳，俞木墩请撒旦上车，说这车是县里淘汰下来，归了文化馆，县长书记们都不屑于坐了。

车子在县城挤挤擦擦红红绿绿的人群里磕磕绊绊地走着。 司机不停地把喇叭揿得震天价响。 一挂驴车横在前边挡住了道，木墩开开车门伸出脖子去骂了几句。 赶车的老农慌得紧抽三鞭，好歹把驴拖到了路边。

"乡下人，不懂规矩，大哥您得见谅。"俞木墩往车座下面吐了一口痰说。

"木墩，还剪纸不了？"

俞木墩说："大哥，不瞒您说，我现在实在忙得很，腾不出手来剪。"

"忙些个啥呢？"

"唉，要说呢，跟艺术也沾点儿边，联系走穴演出。"

撒旦说："啥走穴？ 还是办巡回画展吗？"

俞木墩笑笑说："大哥您说的是哪朝的事了，现在谁还有闲工夫看画，都听流行歌曲去了。 港台的，大陆的，能张嘴发出个动静就成。"

"木墩你又不会唱歌，你跟着掺和个啥？"

"大哥您这就外行了。 县礼堂、电影院，每月都得唱上个三五场的，全靠我一手操办联络。 那叫啥玩意儿来着？ 经纪人，对，是经纪人。 挣俩钱，出出名呗。"

"那……你的艺术还搞不搞了？"

俞木墩又吐了一口唾沫，用手掌抹了一下嘴巴："大哥，在您面前我可就要说惭愧了。 现在我算是看明白了，有钱能使鬼推磨，什么一流歌星二流歌星的，再艺术，只要到了我这块地面上，都得听我摆弄，被我俞木墩经纪来经纪去的。 如今就连县长也不敢小看咱，光是去年一年，咱就缴税小十万。 能混到这个份儿上，咱哪，知足。"

撒旦听得心里一沉，自己辛辛苦苦培植出来的乡土艺术奇葩竟这样轻而易举地夭折枯萎了。 唉，自己当初是何苦呢，还因为木墩的事儿把鸡皮他们兄弟几个都得罪了。 唉。

车子好不容易才挨到了黑天鹅小宾馆门前。 进了饭厅一看，除了县长以外，县五大班子都派员出席了，连工青妇、乡一级村一级组织也都派来了代表，一共摆了五大桌。

撒旦脸一沉，捅了捅俞木墩腰眼儿："木墩，你想要干什么这是？"

俞木墩说："人都是我请来的，大哥你放心，你对我有恩，这几桌酒席就算是我报答你的一点心意。 咱不在乎多几双碗筷，图的，就是个热闹、体面。"

撒旦不好再说什么，道具一般木木地应着景。 他那一副秃头却让举座皆惊，众人怎么也想象不到，著名一流大画家怎么会比土生土长的俞木墩还寒碜。 县长和几大要员都分别站起身来致辞，敬酒，欢迎大画家来我县体验生活，希望能描绘一些社会主义新农村的光辉景象，多替本县向外宣传宣传。

画家撒旦俞木墩架进宾馆二楼房间时，已经基本上人事不省，俞木墩说："大哥您这顿没吃好，晚上咱哥俩儿再接着喝。"

撒旦眼前冒着金光，略带些不满地责备说："木墩，咱总是这……这么喝，我……我归隐还……还搞不搞了？"

俞木墩赶忙说："是是，别耽误了大哥您的正事。 您说想去哪儿？ 什么？ 东……东篱？ 东篱是坟地啊。 好，好，我这就叫车。"

撒旦摆摆手说："算了算了，你忙忙……你的去吧，我待会儿自己到地里走走……"

木墩说："庄稼地有什么好看的？ 天天在眼面前放着，想躲还躲不开呢。 也行，大哥，您自己先归去吧，我就失陪了，今晚县礼堂有小虎队演出，我得去照应一下。"

撒旦没听明白："什么小虎队？ 台湾小虎队？"

木墩说："我的好大哥，真虎哪请得来呀，假的！ 几个半大小子，化了装，在台上又蹦又跳，再使劲放上烟幕，配上录音带，得，成了！"

撒旦用手无力地在木墩肩上拍两下："木墩……你可真能啊……"

木墩说："操，现在什么都能假，人有啥不能假的。 歇着吧大哥。 我先走一步。"

秃头撒旦此刻独自躺在宾馆席梦思床上。 午后的阳光经过淡灰色百叶窗的阻拦，形成了一片片的断简残编。 几缕风游走在老槐树的枝丫上，无声无息的。 撒旦的眼神空洞地盯着墙纸上的一处幽暗，那大概是一块隔年蚊血的残斑。 他抬手扭亮床头灯。 一团耀眼的明亮在他的脸上打出一道橘黄色的光圈，刺得他慌忙闭上了眼睛。 周围的景致一时间旋转起来，旋转着，把那一片灿烂的麦地金光闪闪地推近到他的眼前。 撒旦遏制不住地坠落，坠落，深深地跌进那一片金色的忘川……

一大群纷乱迷离的意象蜂拥着进入他的画框，喧嚣嘈杂的色彩迸裂出混浊密集的音响……

正面：归隐

　　　　牧童骑在猪身上胸有朝阳

　　　　屋檐下的死猫摔出了瓦砾的碎响

　　　　绿色的渠水浇灌着

　　　　无色透明的稻秧

　　　　麦子像菊花一样散发着

　　　　隐忍的幽香

反面：麦子

你挺立尖锐的锋芒千年不变深久
渴望
刺穿大地情人莲花般开放幽深的
痛创
一千朵陶渊明的菊花热风中忧伤
荒凉
唯有你紫胀膨亮的雄悍英勇茁壮
成长

…………

满怀着崇高艺术理想的画家撒旦，站在一九九〇年六月的麦地里孤独地守望。 六月的南风正从遥远的天际徐徐地涌来，麦海中耸动起无数根欲望，一波一波地，扩展，翻卷。那一颗颗硕大光洁的穗头傲立着，勃起周身雄壮的锋芒，热烈而又狰狞地摆动进六月的阳光。 一束束蓬勃燃烧着的尘根意象引发起撒旦谵妄的激情，他无法遏制地冲动起来，狂癫似的大笑，继而大哭，无比亢奋地长号一声：

"呜啊——"

一道嘹亮的弧线，很痛快地划过麦梢，线头箭一样地直刺到地里。

"哎——我说那边那个秃脑壳，你圪蹴在那疙瘩干哈呢？"

撒旦还未从痴迷之中缓过劲来，麦地那头远远的一声喊，唬得他赶紧整理好衣襟下摆。

"我说你在这块儿干哈呢？"一个老农手拿镰刀走了过来，眯缝起眼睛，上上下下警惕地打量着撒旦。

"不……不干哈。画点画……"撒旦像被人当场抓住的奸夫，脸红脖子粗地结结巴巴。

"画画？你可在我这块地里转悠好几天了，我咋瞅你都不像个好人样。"老农仍然紧盯着他，没有松懈斗志的意思。

"那什么，老哥，你千万别误会，"撒旦赶紧解释，"我是看中你这块地里麦子长势好。不信你看，这是我的画框。"

撒旦小心翼翼地把画框递了过去。

老农接过画框，左掂量右打量，然后猛地朝地上吐了一口唾沫："呸！我当是哈稀罕物呢，这也叫画？什么鸡巴玩意儿！你小子趁早给我走远点，少在这儿祸害庄稼。"

撒旦万分尴尬地立在那儿，站也不是，走也不是，浑身有嘴都说不清楚。正僵持不下的当口，俞木墩的桑塔纳"吱扭"一声停在了他们面前。

木墩下车走过来问："大哥，画够了没？"

撒旦捞着了救命稻草似的忙紧着说："够……够了，够了。"

俞木墩又回身瞟了一眼老农，威严地问："王老五，你待这疙瘩干哈？"

王老五把眉头一挑："咋？ 我自个的地，还不兴我待着？"

俞木墩说："大哥，这是小王庄的，王老五。"又转头对王老五说："老五，这是县里从北京请来的干部，在咱县踩点呢。"

王老五听了，一脸的倨傲没有了，很谦恭地巴结道："啊，是打北京来的？ 怪我这草民有眼不识泰山。"

说着，又搓了搓双手，眼睛费劲巴力地笑成一条缝，愈发讨好地问："那什么，干部同志，能给说说把今年的白条子快点换成现钱不？"

撒旦不知所措，无言以对，更加尴尬。

俞木墩见状，不耐烦地摆摆手说："行了行了，人家是大画家，搞艺术的，哪管你那些吃喝拉撒的闲事。 你赶紧收你的麦去吧。 走，大哥，吃了饭，跟我到末庄去钓鱼。"

木墩牵着撒旦的手往车里走，就听见王老五在身后狠狠地"呸"了一声："什么鸡巴画家，一点屁事不顶，真是完蛋操了。 白吃了那些大米白面。 真是完蛋操了。"

撒旦羞得无地自容，三步并作两步，一头钻进车里，逃也似的离开了麦地。 六月的南风，刮来麦穗成熟的沙沙声，嬉笑着为逃遁的艺术家送行。 满头大汗的撒旦此时才痛彻领悟，麦子只不过是白面，麦子并不是菊花。

"啊啊啊，寂灭吧！"

撒旦痛苦得顿足捶胸。

"啊啊啊，解脱吧！"

撒旦自虐得形销骨立。

可惜他不能解脱，也无法寂灭。 走啊走，游啊游，虽然他已经是衣衫褴褛，可是不肯灭绝的尘根，却总是蠢蠢欲动着渴望操练欢喜。 撒旦不知何处才可以真正皈依。

佛走过的路不是人走的路，禅定的道路上荆棘密布。

深山密林里，扛着画框子行走的撒旦四处化缘，仿佛一个托钵僧。 他模仿着先哲灭绝尘欲的办法，摒弃了那条破烂不堪的裤子，不再穿任何东西，免得摩擦刺激起情欲，只用几片树叶穿起来吊在腰上，勉强遮着羞处。

黄昏时分，撒旦来到了一座古寺脚下，远远可以望见朱红的大门和黄绿色的琉璃瓦。 撒旦将画框子换了一个肩，抱着最后一丝信念，鼓足力量向上爬去。 长满苔藓的滑腻陡峭的山石还是将他重重地摔了下来。 撒旦摔得奄奄一息，头磕在了画框子上，血流满面，一下子昏了过去。

待他醒来时，却发现自己已经躺在大殿里边，四周散发着阵阵的佛香。 一个小和尚正扶着他的头喂他喝水，一个面相庄严的老方丈端坐于大殿之上。

小和尚见撒旦睁开了眼睛，便高兴地喊了一声："师父，他活了。"

老方丈略微点了一下头，挥了挥手，一个小和尚端着面包和酥油茶送到撒旦跟前。

吃吧，喝吧，这是禅肉禅血。

老方丈悠扬唱诵着说。

撒旦犹犹疑疑小心翼翼地吃了下去。

老方丈见撒旦意犹未尽的样子，又招了一下手，小和尚端着一盘鲜翠欲滴的人参菩提果放到撒旦面前。

啃吧，嚼吧，这是禅骨禅筋。

方丈又一次唱诵道。

撒旦放心大胆狼吞虎咽地吃了起来。

待撒旦吃得眼明心净，四肢可以运作自如，方丈这才问道："看施主树叶遮体的样子，被尘欲折磨得好惨哪……敢问小施主来自何方？"

撒旦赶紧跪拜于方丈面前，行触脚礼："师父圣明，洞悉一切。在下撒旦来自京城，原本是国家特一级先锋画家，老家在河北农村。在下正是为了求解脱，特来大师门下参禅的。"

方丈的面相变得比较和善："嗬，难怪，难怪。艺术家，性灵之火燃得太旺，尘世之中脏病日多，难免就要身染疾病。依我说，农民的后代，本该安心务农，少当什么先锋，否则也不至于如此……"

撒旦赶紧低下头去，深深吻着方丈双脚："大师，怪我自己误入迷途。难道就没有什么救治之术了吗？"

方丈说："这个倒也不难，心动则性动，心静则性平。小施主不妨留些时日，明早请你参观我们的晨时课诵，借此三省乎己身，也许你会悟出个中三昧的。"

"谢师父。"撒旦立起，鞠了一躬。

"还有，这是我主编的函授教材，《般若波罗蜜佛海无涯金刚普度经》，你先拿一套去预习预习。"

撒旦双手接过一套五本教材，翻了翻，极其虔诚地请教说："敢问大师，这经也可以由人来编吗？"

老方丈一脸的不快："废话。人不编那经打哪儿来？"

看着撒旦那痴迷的眼神，方丈又补充说："本寺跟社科院宗教所联合创办了禅定函授班，函委会责成老衲编一部通俗易懂的经，供学员学习使用。当然，考试时若按国家教委指定的统一教材答，也可以算对，及格了就可发给大专结业证书，供评定和尚职称时使用。"

撒旦说："噢，原来如此。这真是利国利民，福荫子孙，相当于又一项希望工程啊。"

方丈听了这话，面色略显平和："希望工程倒是不敢妄比，但本地区远距离教育搞得好，庙里的香火的确是一天天旺了呢，登门请求面授辅导的络绎不绝。本庙创收成绩显著，再不用政府每年拨款。这正是贫僧的一大创举，所以人们也授予老僧'先锋'的美名，惭愧，惭愧啊。"

撒旦听得怔怔的，不禁又想起废墟画派当年名噪一时的情景，想起自己的先锋当年勇，一时竟回不出半句话来。

第二日早起，撒旦在树叶围腰外面罩了一件从和尚那里借来的木棉袈裟，匆匆去堂上观和尚们的晨时课诵。

檀香缭绕之中，一排十来个和尚打着莲花坐，敲着小木鱼儿，从头至尾唱诵《般若波罗蜜佛海无涯金刚普度经》第十三章第二十五小节内容，然后又从尾到头默诵一遍。约莫半个时辰过后，方丈便把闭着的眼睛睁开，与和尚们打起了偈语。

方丈问："我是谁。"

悟能说："谁是我。"

悟净说："我是我。"

悟空说："我非我。"

方丈颔首道："哦，我非我，我非我。"

撒旦心里不禁一动。自己归隐到麦地里后一直没能得解的哲学命题，如今在高僧的几句偈语中寻到了真谛。撒旦泪眼汪汪，亦悲，亦喜。

一阵风从山顶刮过，院子里的树叶子发出哗哗的响声。

方丈问："什么在动？"

悟能说："风在动。"

悟净说："山在动。"

悟空说："心在动。"

方丈说："哦，是心动。"

撒旦不禁大恸，像被揭了壳的螃蟹似的连心带肉一块儿赤裸出来。 这场课诵仿佛是专门为自己安排的。 难道老方丈是用这种方法来昭示解脱的路径吗？ 检视自己从前的言行，果然，一切均是心动所致啊。

佛祖啊，老天爷！ 你可开启了我长满铁锈的心锁了。我怎么会想到去麦地里寻解脱呢？ 真是缺心眼透了。 这下可好，见心成佛，见性成佛。

撒旦惭愧不已，一天闭门不出，思索着改过自新远离尘寰的路径。

过了晚饭时光，又开始了暮时课诵。 悟道之后的撒旦又虔诚前往。 殿堂之中，一排和尚仍如晨时一样打坐、诵经，方丈也如晨时一样与几个和尚打偈。

方丈说："我是谁。"

悟能说："谁是我。"

悟净说："我是我。"

悟空说："我非我。"

方丈说："哦，我非我。"

撒旦听了，点头，不悲，也不喜。

没有风刮过来，也没有什么树叶子在院里沙沙响。

方丈问："什么在动？"

悟能："风在动。"

悟净："山在动。"

悟空："心在动。"

方丈："哦，是心动。"

撒旦有些不解，课诵为何总是重复同一内容？待课诵结束后，他虔诚地上前请教方丈。方丈瞪了眼睛，反问撒旦："不二法门，难道该有别的讲法不成？"

撒旦惊恐地后退，懊悔自己的造次和无知，心想自己虽然已是秃头，毕竟还是尘根尚未彻底干净，无论如何是参不透如此奥义玄机的。

但有一点又让他觉着奇怪，不知为何方丈总是与那三个和尚问答，别的和尚却都闷头不语。莫非和尚里头也并非全是灵秀，也有自己这样的榆木疙瘩头？

正寻思着，见小和尚悟空猴蹿着从身旁经过，撒旦追上去扯住他，作了一个揖说："敢问小师傅，你为何明了那是心在动？"

悟空见是撒旦，就停下脚步说："是撒师傅啊。我要是把这事告诉你，你可千万别对别人说，要不，师父该骂我了。"

"哦？这还保密吗？"撒旦更加好奇。

悟空往衣襟上抹了把鼻涕说："是师父教我这么说的。师父要搞课堂观摩教学，明日方圆百里各庙都要派人来参观学习呢。师父让我们几个把这些功课都记熟，不许说错。"

"哦。"撒旦点了点头，混混沌沌的脑瓜子恍然间从俗世的角度开了窍了。

观摩教学果然搞得很是成功，周围几座山上的和尚们纷纷前来取经，采撷到了真正的先锋火种。课诵结束之后来不及用膳便匆匆告辞，各归山门，急着去传播火焰去了。

老方丈也坐着高空缆车下山，到附近的五区一县进行面授，从头串讲《般若波罗蜜佛海无涯金刚普度经》的内容，对学员进行结业考试前的全面辅导。方丈下山期间，庙里的一切事务暂交与年岁较长的悟能和尚代为处理。

悟能和尚由于属猪，比较贪吃贪睡，貌似愚笨，平日里较受压抑，出风头的事总难轮到头上。人却不知猪方是动物界中智商最高的，一旦得志，才真正地不可一世呢。这次悟能有了一次当家做主的机会，煞是高兴，于是端坐于讲经堂上，按照自己的意愿阐释起教义来了。

悟能说："我是谁。"

悟净说："谁是我。"

悟空说："我是我。"

撒旦说："我非我。"

悟能说："呔！太狂妄了你们，竟敢大胆妄称'我'。'我'只能由讲经的我一个人说，你们要说'你'。明白了吗？再来一遍。"

撒旦几人面面相觑，不敢言语。

悟能说："我是谁。"

悟净说："谁是你。"

悟空说："你是你。"

撒旦说："你非你。"

悟能咧开大嘴，吭哧吭哧笑了："哦，好，好，接着来，接着来。"

悟能："什么在动。"

悟净："风在动。"

悟空："山在动。"

撒旦："心在动。"

悟能："胡说！哪有什么在动？一个个都瞪着眼睛说瞎话，重说。"

悟能："什么在动。"

悟净："风不动。"

悟空："山不动。"

撒旦："心不动。"

悟能又呼哧呼哧笑了："哈哈哈，这就对了，这就对了。现在是我当家做主，一切就得按照我的方针办。从今天开始，悟净你每天不必诵经，专门负责洗衣服烧饭。悟空呢每天去山下担水打柴，该让别的和尚享受一下打偈的清闲。至于撒师傅您嘛……"

撒旦赶忙俯首说："惭愧得很。我手无缚鸡之力，除了画画，一无所长。但我诚心诚意愿为本庙的建设做一点贡献。但凡有什么活儿适合我做，大师兄请讲。"

悟能像是思忖了一下，末了说："虽说撒师傅您是半路出家，但您却与我们师父享受同等先锋级待遇，弟子不敢对您老人家妄为。"

撒旦深深低头："大师兄客气了。"

悟能说："可是……您也看见了，我们这里如今人人上岗创收忙，没有空余的编制养活闲人。您会画画，正好，师父早说过要把山里山外的佛像画一画，出一本佛像画集。从今天起，就辛苦您去做这项工作吧。"

撒旦正襟危坐，默默无语。

往后的日子里，月明风清之际，晨钟暮鼓声中，总能看见一个不曾受戒的秃头，每日面佛而坐，固守着一个巨大的画框，修长而白皙的手指在虚空中舞动，不住地画着、摹着。尘埃不但未能从他的肉体上剥落，反而越积越厚，越积越多，渐渐将他的慧性掩埋了。

"我佛，"撒旦仰望佛祖默默祷告，"请昭示我求得解脱的路径吧。"

佛端坐不语。佛只是专心致志地举着他那些变幻无穷的手指头。

撒旦也举起自己苍白的手指，缓缓伸向苍穹。那指尖在香气的熏染之下，渐渐着了色，污浊了。

"我佛，请问我到底能否解脱？"撒旦喃喃自语。

佛不语。佛默默做着一些千奇百怪的手势。

撒旦感到一阵彻骨的心寒。他再次注目凝视。莲花座上的佛脚千篇一律毫无生机，简直可以将它们忽略不计，而那变幻莫测的佛手却精雕细琢，并被无限延展，扩大到百，扩大到千，千手千眼，法力无边。

撒旦在虚空里描啊，画啊。多少个寒暑昼夜都在描摹佛手的功课中溜走了，他不知道自己究竟描到了佛的哪一尊，画到了佛手的哪一只。那么缥缈而富有黏度的触角，凡是被沾染上的，都休想再逃得脱。他画到佛手的第一千零一只时，却发现原来又画回到了第一只。

撒旦的手指颓然垂落。他的这双肉手，在巨大的佛手面前变得失去生气，日渐委顿。他感到自己再也挣脱不出这个佛手指画的圆圈。

千年万载
法度不灭
阿弥陀佛
阿弥陀佛

就在这时，法院的一纸传票千回百转地传到了，传被告撒旦限期到庭。一名叫东方美妇人的提起诉讼，告先锋画派头号代表作品《存在》侵犯了她的隐私权、肖像权。登在《广角日报》一九八五年十二月十一日上的那幅《存在》，摄入画框里面的那个身怀六甲的粗腰，正是她当年的身段。那会儿她正跟一个相好的暗结珠胎，是不希望被公之于众的。《存在》竟将其框入画框，又被记者拍摄下来，定格成为一幅蒙娜丽莎脸蛋似的那样永恒的存在，四处刊登，用作商业目的，这无疑是对她个人隐私的侵害，她强烈要求作者公开道歉，并给予精神和物质方面的双重赔偿。

撒旦捏着传票，一脸惊诧之余，也暗自觉得庆幸。 人世间的巨变看来已经发生。 尘世又在向他频频招手呼唤。 现实无情而又及时地把他无谓的修行打断，把他扯出那个神秘无限的怪圈儿，拖回司空见惯的繁闹与喧嚣。

先锋的确是不该再隐遁下去了。

> 每一个窗口都放射出温馨或柔情
> 黄昏中传来行者悠长动人的歌声
> 秃头撒旦在回归的路上踽踽独行
> 神灵不再替他提那盏指路的红灯
> 他用心灵为自己释放无限的光明
> 流亡
> 风啊风啊始终都在领航
> 思想已在画布上彻底流亡

一九九五年是多么了不起的年份啊！ 当年，画家撒旦领着儿子小旦坐在一九九〇年的高空缆车上往上升时，曾经满怀激情地向一九九五年这个方向眺望，充满了无比美好的遐想，多多少少抵消了一些他追忆一九八五年时产生的黯然神伤。 一九九〇年的撒旦当然想象不到，五年以后的艺术时尚究竟发生了多么大的变化，想象不到就在他离城隐遁期间，有那么多的艺术家也都纷纷出走，归隐归进小黄裙，寻根寻得大尘根。 海里海外踏浪归来，不管腰缠万贯还是一文不名，都赶紧重新回笼，投入新一轮艺术流通。 拍卖热潮眼看着又要掀起来了。

撒旦拿着法院的传票，从佛陀传经的路上倒退回城里来的时候，真是有些晕头转向，一点都摸不着北了。 一九九五年春季的城市万象更新，马路上连一片烟花爆竹放过的碎屑和痕迹都没有。 正月十五买元宵的人静悄悄地井然有序地排着长队。 一切都美好得让人不放心。 街头没有标语也没有痰迹，人人都明白自己该做什么该怎样做，吐完了痰以后都小心翼翼地包起来揣进自己兜里。 那些盯着行人的嘴巴、等人吐完痰后马上上前罚款的老太太丢失了职业，一时无所事事，就想出谋生的新招，把单位免费供应的过期避孕套当成乳胶痰袋，在路边向行人廉价兜售。 撒旦刚进城门，就被一个老太太堵住了。 老太太把避孕套强行往他怀里塞了一大包。

"我离婚了。"撒旦挣脱着说，"我都禁欲好几年了。我不需要这小套套。"

"你真傻蛋，"老太太说，"这是痰袋，全市人民都得随身带着的。 公家卖的五毛一个，吐一口痰就得浪费掉五毛钱。 我这个便宜，卖你两毛，这一包十个，你给我两块就得。"

"我没有钱。"撒旦说，"我好久都没有摸过钱了。"

"呸！ 这土老帽儿，没钱不早说，瞎耽误工夫。 一瞅你就像个外地人，不消消停停在家种地，往城里边瞎跑什么！城里的社会治安全让你们这种人给搅和坏了。"

"我不是外地的，我就是这城里头的，"撒旦很执拗地辩解说，"东方美妇人跟我打官司，我就是为这事回来的。"

"咦——"老太太深藏在褶皱层中的小眼睛立刻瞪大了，"这么说你就是那个叫傻什么的画家啦？你的官司全市人民都知道啦，戏匣子里天天说，晚报上也天天报呢……"

老太太说着咳嗽了一下，瞅瞅四下无人，便进一步凑到撒旦耳边说："孩子，我看你像是个缺点心眼儿的人，当心吃了亏！那个女人，谁不知道她是个臭婊子，还不知道跟多少男人睡过呢，光离婚就离了五次，听说现在又傍上大款啦，给包养得肥肥胖胖的……"

"天快黑了，我还要赶路呢。"撒旦不愿听老太太絮絮叨叨，把那包乳胶套塞回老太太怀里，头也不回地往前走。

"哎哎哎，我说孩子，"老太太喊着追了上来，又把避孕套塞回给他，"这一包，算是大娘我白送给你的，可怜见儿的，被那么个狐狸精给缠上了。揣好喽，别再推搡了，看见了没有，前边就是一个检查站，没有痰袋不让进城。早些年那骡马大车不挂粪兜不是也不让进城吗？这叫保持环境卫生。"

撒旦怀揣一包避孕套，顺利通过了关卡的检查，在苍茫暮色之中扛着画框子走进了城。虽然已经进入春天，傍晚的风还是刮得挺硬，像刀子一样把脸割得生疼。大街小巷全亮起暖色调的灯。 一个挨着一个的馆子里，不时飘出炖肉的香味，还有猜拳行令卡拉 OK 的声响。 隔着玻璃看到那些油乎乎的不停翕动的嘴，撒旦的嘴巴也禁不住上下开合空嚼起来。 他这才感到肚子饿了。

"我该就地化点缘了。"他想。

于是他在地铁入口那儿，就着明亮的光线摆好了画框，以很规范的打坐姿势端坐在阶上，安心等待着善者的布施。

一双双多姿多彩的脚在他的眼下匆匆走过，没有一双脚在他面前停留。 人们对这种化缘仿佛司空见惯，不屑一顾。

饥肠辘辘的撒旦不禁感慨万端。 城里人真是愈发冷漠了。 到底是乡下人心善哪，在乡下化缘时从没有过遭拒的时候，至少还能得到一碗残羹剩饭呢。

终于有一双尖头皮鞋向他走过来了。 撒旦双手合十，恭敬地问道："这位师傅，要画张像吗？"

"画你妈个屁！"一声吼叫炸雷似的在撒旦头顶劈响，"我说下面几级台阶上的小花子们怎么要不到钱了呢，原来都是你这秃子在上面截留了。 知不知道这是谁的地盘？ 懂不懂点规矩你？"

"我……只想换碗饭吃，并没有想抢你们的生意……"

"哼，还不给我快滚！ 要营业，先在大爷我这儿磕头、办照，懂吗？"

"尖头皮鞋"抬起腿来一脚就把画框踢飞。 撒旦仓皇逃去捡了起来，用袖子细心地擦拭掉框上的泥土，小心翼翼地扛在肩上。

"快滚！ 下次再让我遇上你，揍死你丫的！" "尖头皮鞋" 恶狠狠地骂着。

撒旦跌跌撞撞离开地铁站口，不知此时应该向何处走。卖报的小贩在寒风里大声吆喝着，急着尽快卖完手里的晚报收摊回家。 撒旦瞟了一眼，见头版显眼处登着一幅巨大的《存在》，里面照下的正是东方美妇人当年腰围隆起的倩影，旁边记述着这场官司的由来始末以及美妇人的现状。

小贩见撒旦立在摊前定定地看着，就热情地将报纸递到他手中。 撒旦浑身上下摸了一遍，做出一副找不出零钱的姿态，把报纸又还给了摊主。

"傻 ×！"摊主望着远去的撒旦愤愤骂了一句。

撒旦却充耳不闻。 他已经从报上看到了美妇人的住址，是在西南方向的一座别墅之内。 撒旦整了整精神，迈步朝那个方向走了下去。 他想，他应该会一会这个把他从修行的路上拉回俗世的人。 说什么他也得先会一会。

门开处，一个脸上正覆着一层厚厚面膜的女人探出头来，撒旦吓了一跳，以为遇见了妖怪。 女人见了撒旦，止不住欢呼："哟，我的撒旦好兄弟！ 可把你给盼来了！"

东方美妇人大呼小叫着把筋疲力尽带着一脸莫名其妙的撒旦搂进屋去。

鸡皮鸭皮屁特他们哥儿几个是从各种传闻、媒介中得知撒旦打了官司后纷纷从各地赶来的。 东方美妇人被侵权一案是公民权益保障法公布实施以后的第一桩官司。 这样的案子千载难逢，哪个记者都不甘心落后要爆炒它一把。 案子中的原告不是别人，而是在一九八五年红得发紫的电影明星兼时装模特东方美妇人。 案子的被告也不是别人，而恰恰是撒旦这么个在一九八五年的画坛上领过短命风骚的先锋倒霉蛋儿。 案子所指的又不是别的，而是载入先锋艺术史册的巨作《存在》侵犯了人家的隐私。 那隐私又不是别的，而是东方美妇人那明显隆起的肚子。 而使其肚子隆起的始乱她终弃她的那个人不是别个，正是从一九八五年的先锋派场记壮大成长为一九九五年的后先锋导演，正威震世界影坛的某某男。

旁听这种案子简直比看电影和观画展还要激动人心，谁能无动于衷，不为男女主人公的命运费着一把神呢？

而让鸡皮他们兄弟几个感兴趣的倒不是东方美妇人的肚子直径到底有多么大。 他们感到激动的是废墟画派在这个艺术寂寞、画框子掉在地上摔不出一声响的时代重被提及，他们大哥的作品被当成了官司打。 想想看，虽然报章、传闻中频频出现的总是撒旦一人的名字，可单单是重复率极高的"废墟"两字不就把他们哥儿几个全包括在里边了吗？ 过去的荣耀霎时间全回到眼前来了。 到什么时候都得当艺术家啊！ 艺术家是永远不会被人民忘记的呀！ 咱们干吗不趁舆论炒得热火的时候赶回我撒旦大哥身边，去助他一臂之力呢？ 说不定能在法庭上当个人证物证什么的。 哪怕只是旁听，也可以在摄像机前被照一照啊，何必在海里海外三孙子似的受气?

待到记者采访起来，咱们可怎样解释重返艺坛的动机呢?

鸡皮想：我就说，商海无边，回头是岸。

鸭皮想：我就说，学成归来，报效祖国。

屁特想：我就说，艺术至上，永不迷惘。

当这些从海里海外麦地庙里归来的废墟兄弟重新聚到一起的时候，他们是多么的百感交集、痛哭并且流着涕啊!

鸡皮说："大哥，我想你想得好苦哇! 通过这么些年的下海实践，我可是深刻体会到了，只有艺术才能使艺术家像个人样啊! 离了艺术，我哪还算个人了，整个儿就是个烜了毛的鸡啊!"

鸭皮说："大哥，我后悔当初不该走啊。 离开了咱的本土根据地，哪还有谁待见咱们，把咱当人使? 我也只能是给人家端盘子洗碗，做芥末鸭掌的料了。"

屁特说："我算明白了，大哥，咱不从艺术上崛起还能从哪儿崛起? 手里没有艺术，我再怎么折腾都是放的没味儿的屁，没人看没人理啊。 害得我只好打架泡妞酗酒吸毒以示叛逆，结果只能是给逮进局子里头蹲着。 这回我算是真明白了，要叛逆还是从艺术上叛才有声誉啊。"

撒旦说："我也不比你们好多少，我把自古文人雅士失意之后的去处都走了一遍，钻过麦地，也当过和尚，结果，也是处处受挤对，末了还是得乖乖地返俗。 搞什么也不如搞艺术，当什么也不如当个艺术家光荣体面哪！"

弟兄几个擦干了眼泪，不住地点头。

鸡皮说："大哥，我真后悔当初辛辛苦苦创立的废墟画派，因为点鸡毛蒜皮的小事就轻易散伙了。当初我们领过多大的风骚啊！一想起这个，我都能从梦中乐醒。"

鸭皮说："咱们再把艺术沙龙砌起来吧，个人单干是成不了气候的。"

屁特说："如今风没有了，只剩了一身骚，谁还愿再来投奔我们？"

撒旦说："是啊是啊，活着还是死去，这还是一个问题。要么我们名垂青史，要么我们卖个好价钱。"

众人听了，你看看我，我看看你，最后拍着巴掌，齐声说了一句："干！"

东方美妇人吊在秃头撒旦的脖子上，甜腻腻地撒着娇说："撒旦哟我的好兄弟，你怎么会猜到姐姐我设计这场官司的良苦用心？实话跟你说吧，那些鼓噪的记者，全是我拿钱雇的，你我二人的律师，也是我拿钱请的。你想想，有谁还会记得一九八五年的艺术明星呢？我这样做，纯粹是为了我们俩的复出做广告呢。"

撒旦听得目瞪口呆，一面顽强抵御美妇人肉体的侵袭，一面暗中佩服美妇人的心计和大胆。他恍惚记得这位电影金猫奖得主已经息影多年，也不再穿着时装上台表演。那时她曾经开过一次告别演出新闻发布会，会后大小报纸上都发了整版报道文章，套红通栏标题这样写着：

没有合适的片子宁可不演

没有合适的衣服宁可不穿

打那儿以后，几乎所有没有片约无戏可演上不了台的演员模特都仿而效之，不断地重复念叨这两句话，把它们贴在脸蛋上当成座右铭。 那群男男女女也学美妇人的样子，傍大款，被包养，可是却总也经营不出美妇人那么多的花样来。比如说美妇人息影封台后，不久名字就在《经济金融时报》上频频出现，说她在商业领域里又成了一朵红花，经营着房地产、汽车行、服装鞋帽化妆品公司，还享有进出口贸易自主权，海内外的动产不动产高达几十个亿，已经跻身全球最富华人行列。

影星们真个看得眼热心跳起来。 都是同时出道的，论脸蛋，谁的又不比谁的差，她怎么就发了我们怎么就该活活憋着？ 于是就呼啦一下子，那一年影视明星们傍款成风，股票市场上频频闪现着俊男靓女们的倩影。 谁谁都想一下子暴发，以期把美妇人张狂的气势给平压下去。

就在他们东窜西窜积聚财产，与美妇人进行狂热比较的时候，却不料美妇人笔锋一转，策划着打起艺坛官司来了。这一招绝活可是没人敢妄比了，星星们一时都口服心也服。但凡是怀了鬼胎的，藏还都藏不住呢，哪还敢往外兜往外讲？ 有几个敢用凸起的肚子做自己的广告包装，同时还把播种的主人以及一串串名人名角一同牵扯上？ 这种女人，够辣，也够骚的，还是别再仿效了，消消停停一点的好。

可美妇人却不这么想。 美妇人像是看破了撒旦心思似的，又开华贵的真丝软缎旗袍，在撒旦的腿上荡着说："你是不是以为我很下作，什么都敢拿出去卖？ 我这也是被逼无奈，逼上梁山了。 谁不想永远当明星，永远被人捧着？ 你不是也希望永远先锋吗？ 来吧，让我们一起合作吧……"

美妇人把脸贴上来，撒旦仓促躲避着。 透过那层浓妆艳抹，撒旦闻到了一股残酷的美人迟暮感觉。 那种气息一层一层地扩大，一直逼近他的神经末梢。 美妇人，以及他自己，眼看就要成为明日黄花了。 或许还可以做做最后的挣扎，来他个再度辉煌？

"哦，你还迟疑什么？"美妇人略显不快地扬了扬眉梢，"你可要知道，老娘可是个薄情寡义的家伙，不跟我合作，得罪了我，这场官司可别怪我假戏真做。 别再傻蛋了，来吧……"

撒旦别无选择，只能随着美妇人的牵引，仓促上马，用尽心力侍奉着。 乳胶痰袋从他怀里滑落下来，散落在名贵的波斯地毯上。

那条"贵夫人"小狗从客厅跑进来，看了看床上胶着状态的一对男女，又低头用前爪把痰袋一个个撕开，显得莫名其妙而又一脸的无奈。

废墟画派的一帮兄弟仍在为如何复出而一筹莫展。

鸡皮说："现如今什么鸡巴人都敢到中国美术馆去办个展，真是山中无老虎，猴子称霸王，趁我们先锋不在，后卫们要撑起天来了。我们该怎么收拾这等局面？"

鸭皮说："只要有钱，什么东西画不出来？罗浮宫算什么？西斯廷教堂算得了什么？我能把咱紫禁城故宫从里到外重新画一遍。"

屁特说："我操，那些丫挺的哪里是在办什么画展，那是在显摆钱呢。有钱人给他们背后撑腰，什么臭手不能支使，我用脚画的也比他们用手画的强。"

撒旦说："哥儿几个走了那么些弯道，经了那么些曲折，好不容易重新走到一起来了，光发牢骚也没有用，咱们不能光看着别人发迹自己眼红，还是应该想点实际的步骤啊。"

鸡皮说："大哥，有句话我说出来你别生气，报上说你和东方美妇人通过一场官司，达到了美的发现和契合。那女的可是个亿万富婆啊，她身上一根汗毛可都比咱们的腰粗。您能不能让她拔下一根来，赞助赞助，那样咱们就能把画展办到香港以至东南亚华人区去。"

撒旦听了，脸色一阴："你少提那娘儿们，再说我就跟你急。"

哥儿几个都不敢再说什么了，面面相觑着，又没了主意。

撒旦在心里头暗暗把美妇人恨得咬牙切齿。 就因为他暂时要在她那里寄生，她就可以由着性子地摆弄他，把他像一条狗似的呼来唤去。

"傻蛋，上来。"

秃头撒旦和她那条纯种狗就摇头摆尾地扑了上来。

"傻蛋，下去。"

秃头撒旦和那条改名也叫傻蛋的纯种狗就得下去围着她转圈儿。

美妇人正处于内分泌旺盛、各方面欲望都很强盛的年龄段，她没黑没白地对撒旦小伙要求着。 撒旦横着竖着蹲着倒着正着反着侍候着干，一次比一次没劲头，一天比一天更疲软。 只有当她欲炫耀半老风姿，主动给他当模特让他作画的时候，撒旦才算有了个恢复心理平衡的机会，借机把她支使得团团乱转，也横着也竖着也蹲着也倒着也正着也反着，让她的每个姿势摆放都停留好长时间。 只有在这时候，撒旦心里才能涌起一丝自主的快意，兴奋无比地在心里头大叫：

"我要用我的画笔干死你！"

美妇人对这一切毫无觉察，依旧顾影自怜地搔首弄姿。或许是久不练功的缘故，她的腹部肚囊已经微微堆积，失去弹性的乳房也软软地吊在胸脯上垂着。 这样一副胴体早已激不起画家撒旦的任何美感，剩下的，只是一种由衷的悲悯和怜惜。

美妇人换了个姿势，扬起手里的烟杆，悠然地吐着烟圈儿，仿佛是漫不经心地问撒旦："听说你们的废墟画派十分地想东山再起，正准备着搞一个画展是吗？ 大致需要多少钱？ 也许我能帮上忙。"

撒旦听了暗暗叫苦，心想一定是兄弟当中的某一个在背后求过美妇人，把要搞画展的事透露给她的。 这小贱人，控制了我这人还不够，还要把我的艺术也牢牢控制住，真他妈的不是个物！

"到底需要多少？ 难道你不愿告诉我？"美妇人又问。

"啊，不，不用了。"撒旦心里说，烂货，你那点生活费是怎么从那老王八蛋手里抠出来的我还不清楚吗？ 别在我面前充大头了。

"不用，真的不用。 你那点钱来得也不容易。"

"放屁！"美妇人甩掉烟嘴，暴跳起来，"你这么说是瞧不起我！ 那老 × 到处拿我的名义做宣传，他公司里有我绝大多数股份，我支出一笔赞助费来有什么了不起的！ 我还非帮你们不可了，让你也见识见识老娘的真本事，我可不是白被人养着吃闲饭的。"

撒旦动了动嘴，没能说得出话来。

画展正紧锣密鼓地准备着。 兄弟几个敛心静气、处心积虑冲向市场，殷切渴望再度辉煌。

《啊，我那遥远的红卫兵时代》：作者鸡皮。 画布上废墟的烂泥和尿臊味仍旧存在着。 鸡皮在烂泥上零星点缀了不少野花，花儿在尿水的滋养下分外美丽。 每个花蕊里都藏上一枚小电珠，花瓣涂上了荧光粉，接通电源之后，小电珠一眨一眨的贼亮，荧光粉反射出幽幽的光芒。

作者画面题诗：昨日的岁月散发着野味的芳香。 啊，放光辉，放光辉。

《人与牛》：作者鸭皮。 人与牛不再互相缠绕交错，身形已经截然分开有了显著区别。 人类满面红光，虔诚地跪拜在牛脚下等着捡拾牛粪，牛怡然自得地吃着麦子，硕大的乳房下面唰唰唰地往外冒奶。

作者画面题词：吃的是麦，挤出来的是奶。

《行走》：作者屁特。 羊群已翻过个来正步走，脚上清一色全穿着猪皮鞋。 羊毛回到了羊身上。 乌克兰猪含辛茹苦地一前一后放牧，公猪在前领路，母猪保驾殿后。 乌克兰小猪一蹦一跳地跟在后头，手里高高地举着一块招牌：吃火锅，没有调料怎么行。

《活着》：作者撒旦。 画框子镶上了实心，画布上涂满红粉。 撒旦脱光衣服，赤身裸体地躺了上去，印出一个模糊不清、乌突突的白印。 红色混沌之中，那人形仿佛是赤裸透明的，又仿佛穿着很厚重的外壳。 那两腿中间题上了一行红字：我与我的影子交媾。

兄弟几个在一旁看着撒旦干活，胡乱鼓着掌。

鸡皮看了说："大哥，可没听说谁能自操自的。"

鸭皮说："文明点，那叫手淫。"

屁特说："自给自足，活得享福。"

撒旦说："去你妈的，别招我怒。"

《中国大百科全书·文艺卷·H 类》记载:H:后;后先锋;后写虚主义;后卫画派:成立于二十世纪九十年代中期。代表人物:鸡皮、鸭皮、屁特、撒旦。代表作:《啊,我那遥远的红卫兵时代》《人与牛》《行走》《活着》。影响或贡献:煎炒烹炸俱佳,呈后卫状,做波普科,是现代主义向现实主义的复归,错位以后的断肢再植重新对位。在发展捍卫传统绘画语言方面担当起最坚实的后卫。

"后卫画展"获得了空前的成功。 美术馆前来参观者络绎不绝,门票一涨再涨,依旧抵挡不住人民群众万分高涨的情绪,不出一个月,就把美妇人赞助的二十万元收回来了,以后的日子,就坐等着收钱。 人民大众衣食父母在《活着》面前停下脚步,久久伫立着不忍离去。 老先生老太太们不时掏出手帕来揩着鼻涕,一个个都看得泪眼模糊,扯住撒旦的手呜咽着说:"活着多好哇! 能活着就已经不错了。 你以为活着很容易吗? 想想过去……看看现在……争什么这个权利那个利益的,都是让大米白面给撑的。 孩子啊,你可好好地活着吧。"

一九九五年的艺坛上登时又掀起一股后卫浪潮。 艺术家们开始后悔自己从前没深没浅、十分造次的叛逆行为，重又开始洗心革面，规规矩矩做起访古忆旧文章，艺坛上一时怀旧情绪高涨。以前被他们瞧不起横遭唾弃的老头衫大裤衩什么的，全部又捡回来穿上了。踹倒的神像也赶紧扶起来重新供上。古墓古穴一个劲地被盗，倒卖国粹运动开展得蓬蓬勃勃，脚踏东西半球、手做宇宙文章的人越来越多，艺术家们都感到世纪末的地球，正被自己那黄色如椽的巨笔，给捣得一个劲儿地颤悠。

冲冲冲

我们是新时代的后卫

冲冲冲

我们是新时代的后先锋

…………

激动人心的歌曲，在一九九五年夏天的空气中到处传诵着。

那个当年拍下《存在》中东方美妇人倩影的好事的记者又扛着器材来采访，请撒旦他们哥儿几个谈谈当后卫的感觉。

撒旦横躺在《活着》下面，漫不经心地说："后卫嘛，就是一点什么感觉都没有的意思。"

鸡皮说："老兄，行行好，一场官司你已经跟我们出了大名了，你还想怎么着？"

鸭皮说："你老哥那份报纸销售都快突破五十万份了，您老人家也成了名记者，还不知足哇？"

屁特说："你呀，一边儿凉快凉快，别跟这儿添乱，让大爷几个消消停停赚点钱，成？"

老记灰溜溜地碰了一脑袋钉子，只好转头去找东方美妇人，制作有关她现状的专题文章。美妇人最初设计那场官司时，首先拿钱将这个老记买断，两人精心策划，要循序渐进，按部就班地将官司掀起三次波澜，达到最终的高潮之后，要见好就收，戛然止住，就说是当事人双方同意协商解决，让官司青天白日地自生自灭就得了。

每次全国各地的报刊上有关美妇人的报道，都是由老记先写出个通稿，然后传真发往各方，请各报兄弟帮忙改写后四处发表。

美妇人对老记的经营业绩感到满意，决定将稿费给他增加到每千字一百五十元。老记点头鞠躬，感激不尽，赶忙抽出纸笔肃立着，问女王有什么新的口谕。

美妇人说，她的心血终于没有白费。官司策划得很成功，最近以来她的片约不断，导演们总算是记起了她这位当年的红星。时装模特队也要邀请她去当教练。最令她感动的，是那位在她的身体上成长起来的第九代导演也感念起旧情，专门为她准备了一百零八集的《王母娘娘》，让她从一岁一直拍到一百零八岁，把天上人间的美好外景地全都走遍，以此作为他对她负心的一点报偿。

美妇人说得潸然泪下，老记也感动得笔在颤抖。他赶紧擦了擦眼泪，将这条影视动态逐字记下，立即赶回报社发稿。

但是还有一点美妇人隐藏着没向老记披露，那就是第九代导演提出了一个条件，希望她进剧组的同时能带上二百万元赞助费来，否则的话资金不到位，《王母娘娘》也就没法开拍。

万般无奈之中，美妇人还得张嘴去求包养着她的大款，希望他能打开保险柜，把属于她的那部分钱让她拿出来。

美妇人却没有想到，那大款老谋深算，也不是个吃素的主。在她掀起官司之初，大款就瞅准时机，暗中到第九代导演那里，狠狠敲了一笔竹杠，胁迫那位导演免费为他带来的一个唱歌的甜妹子制作 MTV。那位导演做的 MTV，每集开价都在五十万元以上，做谁谁红。大款威胁导演，若不给做，就和美妇人一道把他彻底搞臭，别再想在中国这块地界上拍出片子。

导演愤慨不已，可又敢怒不敢言，对大款的商业垄断深怀惧心。他以为这一定是美妇人与大款合计好了才这么干。左思右想，才想出个拍《王母娘娘》的主意，想在美妇人身上诳骗一下，把制作 MTV 蒙受的经济损失再捞回来。

大款见美妇人又来要钱，立刻就猜中了这里边所藏的文章，不由得一阵阵地感到腻烦。其实他心里早就腻烦了。东方美妇人人老珠黄，已经失去了味道，广告宣传也用不着她这半老徐娘了。 他新近已在别处金屋藏娇，养的正是那个想要捧红的甜妹子。 至于美妇人，爱怎么着就怎么着吧，钱是当然不能让她拿到手喽，免得她也去养什么画家小白脸儿的。

美妇人和大款为钱的争斗如火如荼，旷日持久。

撒旦是在两个月以后，在港报上得知美妇人自毙的消息的。 当时他正在香港办画展。 大小报上都写得花里胡哨，据说是美妇人跟甜妹子争风吃醋，大打出手，不慎跌到水果刀上，心脏刺破身亡。 当然，这种事情发生在一九九五年显得十分的稀松平常。 赛场上赢不过对手就刀刺相见，艺术上写不出新作就自杀身亡，在这么个人心浮动的年份，死变得非常容易了。

撒旦没能回内地给美妇人送葬。 冥冥之中那刀子仿佛也扎到了他的心脏上，让他体验到胸口上一种永远的痛。

一个月以后传出好消息，后卫画派的几幅珍品都以上千万港元的价格拍卖成交。 鸡皮的《啊，我那遥远的红卫兵时代》被第八代导演托人买走，并将它改编成新写虚主义电影，准备拿去问鼎奥斯卡金像奖。 主题歌盒式带先期投放内地市场，男女老少全都学会了唱。

鸭皮的《人与牛》被内蒙古一农场看中花高价买去，做职工政治思想教材，宣传人与畜生之间的友爱亲善和睦相处。

屁特的《行走》被一澳大利亚商人当作最新商业情报买

去，研究如何提高羊毛的质量和产量。

撒旦的《活着》未来得及参与拍卖，给抽去参加内地油画单年展。德高望重的评委们一致说好，多少年没看到这么好的画了，自大千悲鸿以降，能达到这么高造诣的画家已经很少了，画风朴拙、严谨，不像别的年轻人那么花里胡哨的。这画本身就是教育青年的好材料啊！

最后结果，评委们一致推举《活着》获得本届画展金奖。《活着》立刻身价倍增，原件被收为美术馆馆藏，复制品制成各种大小不等的明信片在街头巷尾出售。撒旦为此获得了一笔巨大的版税收入，足够他今生来世挥霍享用。

一张张印刷精美的《活着》在邮局的传送带上翻飞舞动，邮检员手握小锤，熟练地在每一张上面敲上邮戳，黑色印泥渐渐盖遍了画面的每一角落，那个灰白的影子痛苦扭曲着，变得畸形、萎缩了。

撒旦仿佛是得到了什么感应，连日来一直头痛欲裂，一阵猛似一阵的神经抽痛折磨得他半死不活。他实在是不能忍受下去了，猛然间咬着牙站起来，揣上刀子和老虎钳，趁着月黑风高，悄悄翻墙潜进美术馆。

一丝微光从天井透下来，《活着》正贴着墙根阴森古怪地立着。撒旦有些毛骨悚然，一口寒气呛得他手脚冰凉。他努力咬紧牙关，哆哆嗦嗦地掏出裁纸刀，满怀恐惧地把《活着》按倒，然后，用刀子一点一点地割起来。

画布割掉了，画框子卸了下来。撒旦扛起他心爱的画框，把那一堆不具形状的画布扔在了地上。

"就让这混沌破碎的影子，留作美术史上永久的封藏吧。"撒旦踢了一脚画布，在心里默默地祷告。他扛着画框，翻身跃出高墙。

秋夜的寒风，从无所不在的方向吹来，在撒旦的长发上伫立，打了一个旋儿，穿过他的画框子，慢慢远去了。谁家的窗子里，正悠悠飘着那首电影主题曲：

> 昨日的岁月散发着野味的芳香
>
> 啊,放光辉,放光辉
>
> …………

那种黏稠的歌声，躲不去，挥不开。

歌声如梦。恍然之间，撒旦发现自己已不知不觉来到废墟。黑沉沉的夜里，风一阵比一阵刮得紧，更显出废墟的一片死寂。撒旦瑟缩着身子,哆哆嗦嗦刚一踏上废墟，蓦地，脚下一块木板轰然塌落，一连串的机关"啪啪啪"地自动开启，灯一盏接一盏地亮了，天地间霎时一片耀眼的灰白，笙箫一齐奏响，荒凉百年的废墟上竟奇迹般地凸现出一座喧嚣的仿古乐园！

撒旦目瞪口呆，正在暗自吃惊，却见康熙和乾隆迈着帝王的方步向他走来，不由分说，搜刮干净他兜里所有的现金，生拉硬拽把他拖进园去。正盘腿坐在炕上交流着垂帘听政经验的武则天和慈禧，一见撒旦进来，忙招呼他脱鞋上炕。 大太监李莲英颠儿颠儿地忙不迭地端来精粉窝头和热乎豆汁儿。 小蜡人苏麻喇姑脸色绯红，半蹲半跪着送上擦脸毛巾。 后宫三千粉黛走马灯似的从台子上一一转过，幽幽怨怨的媚眼儿秋波快要把撒旦给淹迷瞪了。

撒旦惊惶地后退，一个趔趄，不小心踏响了又一个机关，传送带嗖嗖嗖立即把他输送到特洛伊电动旋转木马上。美女海伦从马肚子里探出头来，抱住撒旦的脚丫使劲亲吻，直舔得撒旦难以自持欲仙欲死，双腿用力夹紧马肚子猛地一磕，木马受惊炮了一个蹶子，忽地一道曲线把他抛上了迪斯尼高速过山车。

呼啸的过山车，嘎嘎嘎箭一般在钢轨上飞射，撒旦的身体俯仰离合，五脏六腑都急遽地抽动、翻卷着。 他听见自己的欲望在下腹内很响地叫了一下，火辣辣，热烘烘的。 撒旦不由得痛苦而又无助地呻吟一声："影子啊，快回到我的身体里来吧……"

随即，他用力掰开了身上的安全带。

轰隆隆的巨响戛然而止。 仿古乐园登时绽满了无数殷红的花朵，流淌出一地的绚烂和蓬勃。

那个四方画框，完好无损地甩了出去，很孤独地躺在几百米以外的地方。

次日清晨，一个下夜班回家的人路过此地，捡到了这个框子。 他举起画框仔细打量，见它的内侧边缘，刻了两行很小的字：

>　我要以我断代的形式，
>　撰写一部美术的编年史。

　　那人莫名其妙，琢磨着用它能做点什么。 拎回家后，他终于想到，把它改造成搁置洗衣机和电冰箱的托架，装上滑轮和螺丝，便可以随意调节大小，并能向前后左右方向自由转动。

　　那人因此获得很大一笔专利发明奖。

　　　　　　　　　一九九四年一月于京西浴风阁

厨房是一个女人的出发点和停泊地。

瓷器在厨房里优雅闪亮，它们以各种弯曲的弧度和洁白的颜色，在傍晚的昏暗中闪出细腻的密纹瓷光。墙砖和地板平展无沿，一些美妙的联想映上去之后，顷刻之间又会反射回眸子的幽深之处，湿漉漉的。细长瓶颈的红葡萄酒和黑加仑醇酿，总是不失时机地把人的嘴唇染得通红黢紫，连呼吸也不连贯了。灶上的圆火苗在灯光下扑扑闪闪，透明瓦蓝，炖肉的香气时时潜溢到下面的铁圈上，"哧啦"一声，香气醇厚飘散，升腾出一屋子的白烟儿。莴笋和水芹菜烹炒过后，它们会荡漾出满眼的浅绿，紫米粥和苞谷羹又会时时飘溢出一室的黑紫和金黄……

厨房里色香味俱全的一切，无不在悄声记叙着女人一生的漫长。女人并不知道厨房为何生来就属于阴性。她并没有去想。时候到了，她便像从前她的母亲那样，自然而然走进了厨房里。

这个夏天的傍晚，在一阵骤然而至的雷阵雨的突袭过后，燠热和喧嚣全被随风吸附而走。大地逐渐静止了。城市一枚火红的斜阳正从容地在立交桥上燃烧，一层层散漫的红光怡然飘落而下，照耀着一个在厨房里忙碌的叫作枝子的女人。女人优美的身体轮廓被夕阳镶上了一层金边，从远处望去，很是有些耀眼。女人利手利脚无比快活地忙碌，还不断在洗切烹炸的间隙，抬头向西窗外瞟上一眼。夕阳就仿佛跟她有某种默契，含情脉脉地越过一棵临窗的茂盛玉兰树枝头对她俯首回望。

枝子的目光，也便跟着燃烧在一片红辉之中，润润的，柔柔的。

厨房并不是她自己家里的厨房，而是一个男人的厨房。女人枝子正处心积虑地用她的厨房语言，向这个男人表示她的真爱。

一条鳜鱼浑身被横横竖竖切了无数刀后，周身码放好了蒜片、葱丝和姜条，然后放进锅屉上热气腾腾地蒸着。卷心菜和河藕也油亮亮地沾着水珠儿洗好，与沙拉酱一起错落有致地码放在盘子里边等待搅拌。水汽正顺着不锈钢盖子的缝隙慢慢地一点点往上溢起来。枝子停下手，幽幽地喘了一口气，转头偷眼向客厅里望了一眼。透过宽大明亮的钢化玻璃门，她看见男人松泽正懒散地蜷坐在沙发上，一张报纸遮住了大半个脸。男人的身子、手、脚都长长大大的，T恤的短袖裸露出他筋肉结实的小臂，套在牛仔裤里的两条长腿疏懒地伸着，大腿弯的部分绷得很紧，衬出大腿内侧十分饱满，很有力度——枝子的脸突然莫名其妙地红了，浑身进过一阵难以自抑的幸福。她赶紧收回自己潮润润的目光，慌慌转回身去放眼观望窗外斜阳。

夕阳巨大的圆轮现在只剩下半个，它正在被树梢和钢筋水泥的建筑物奋力衔住，一口一口激情地往下吞吻。枝子的脸庞转瞬间又被烧红，周身辉映起一阵盲目的幸福。

我爱这个男人。我爱。

枝子在心里这样迷乱地对自己说。在这样说着的时候她的心里充满了羞涩。

枝子是被称作"女强人"的那种已然不惑的女人。爱情到了她这个年纪并不那么容易轻易来临。经过了岁月风尘的磨洗，枝子早年的一颗多愁善感的心，早就像茧子那样硬厚，那样对一切漠然、无动于衷了。多少年过去，一番刻苦的拼搏摔打，早年柔弱、驯顺、缺乏主见、动辄就泪水长流的枝子，如今已经百炼成钢，成为商界里远近闻名的一名新秀。

她这棵奇葩，将自己的社会身份和地位向上茂盛地苒苒固定之后，却偏偏不愿在那块烂泥塘里长了，一心一意想要躲回温室里，想要回被她当初毅然决然抛弃割舍在身后的家。

不知为什么，就是想回到厨房，回到家。

事业成功后的女人，在一个个孤夜难眠的时刻，真是不由自主地常要想家，怀念那个遥远的家中厨房，厨房里一团橘黄色的温暖灯光。

家中的厨房，绝不会像她如今在外面的酒桌应酬那样累，那样虚伪，那样食不甘味。家里的饭桌上没有算计，没有强颜欢笑，没有尔虞我诈，没有或明或暗、防不掉也躲不开的性骚扰和准性骚扰，更没有讨厌的卡拉 OK 在耳朵边上聒噪，将人的胃口和视听都野蛮地割据强奸。家里的厨房，宁静而温馨。每到黄昏时分，厨房里就会有很大的钢精锅咕嘟咕嘟冒出热气，然后是贴心贴肉的一家人聚拢在一起埋头大快朵颐。

能够与亲人围坐吃上一口家里的饭，多么的好！那才是彻底的放松和休息。可她年轻气盛的时候哪儿懂这些？离异而走的日子，她却只有一个简单的念头：她受够了！实在是受够了！她受够了简单乏味的婚姻生活。她受够了家里毫无新意的厨房。她受够了厨房里的一切摆设。那些锅碗瓢盆油盐酱醋全都让她咬牙切齿地憎恨。正是厨房里这些日复一日的无聊琐碎磨灭了她的灵性，耗损了她的才情，让她一个名牌大学毕业的女才子身手不得施展。她走。她得走。说什么她也得走。她绝不甘心做一辈子的灶下婢。无论如何她得冲出家门，她得向那冥想当中的新生活奔跑。

果真她义无反顾，抛雏别夫，逃离围城，走了。

现在她却偏偏又回来了。回来得又是这么主动，这样心甘情愿，这样急躁冒进，毫无顾虑，挺身便进了一个男人的厨房里。

真正叫人匪夷所思。

假如不是当初的出走，那么她还会有今天的想要回来吗？

她并没有想。

此时她只是很想回到厨房。 回到一个与人共享的厨房。她是曾经有过婚姻生活，曾经爱和被爱过的人，比较明了单身和已婚的截然不同。 一个人的家不能算家，一个人的厨房也不能叫作厨房。 爱上一个人，组成一个家，共同拥有一个厨房，这就是她目前的心愿。 她愿意一天无数次地悠闲地待在自家的厨房里头，摸摸这，碰碰那，无所事事，随意将厨房里的小摆设碰得叮当乱响。 她还愿意将做一顿饭的时间无限地延长，每天要去菜市场挑选最新鲜的蔬菜，回来再将它们的每一片叶子和茎秆儿都认真地择洗。 做每一顿饭之前她都要参照书上的说法，不厌其烦地考虑如何将饭菜营养搭配。 慢慢料理这些的时候，她的心情定会像水一样沉稳，绝对不会再以为这是在空耗生命和时间。 纤纤素手被洗菜水浸泡得指尖红肿、关节粗大，她也不会再牢骚埋怨。 她希望她的心情就那样像水一样，温暾，空泛，温暾、空泛地在厨房里消磨时光，什么外面争斗的事情都不去想。 她愿意看见有一两个食客，当然是丈夫和孩子吃着她亲手烧的好菜，连好吃都顾不上说，只顾低头吃得满嘴流油，脑满肠肥。

脑满肠肥？ 一想到这个词，枝子就不由得偷偷地笑了。

她真的是不想再在外面应酬做事，整天神经绷紧，跟来来往往形形色色的人虚与委蛇。 不知为什么，她有些厌倦人。 名利场上各色各样的人：卑鄙的、龌龊的、委琐的、工于心计的、趋利务实的……看都看得她眼花了。 整天地与人打交道也快把她的神经折磨垮。 她想反身逃逸，逃到没有人的地方去。 而厨房就是她最后的避难之所。

厨房对她来说从来没像现在这样亲切过。 她从来没有像今天这样对厨房充满了深情。

炉上的钢精锅冒出袅袅热气。 枝子的想象也随之袅袅。太阳就在她缥缈的想象里一点一点落到树梢下面去，落到她想象的尽头。 那个长胳臂长腿的男人松泽看完了报纸，起身伸了一个懒腰，慢慢腾腾挪到厨房里来，再次问枝子需不需要帮什么忙。 枝子听到男人满怀关切的问候，赶忙满心欢喜地连连说：“不用，不用。”今天是这个男人松泽的生日，她想独立完成整个操作，让他尽情品尝一番她的烹饪手艺。

她为什么要主动向这个男人献艺？ 献艺完了又将会是什么呢？ 枝子不愿意想，不情愿这样残酷地拷问自己。 她愿意在心里给自己的自尊留有一点余地。 该是什么就是什么。枝子在心里说。 枝子只希望能是她所想要达到的那个。 此时她真是觉着自己对这个男人有些过分俯就，甚至有些低三下四。 因为照她素常里的做人态度，以一个商界女星的身份来说，对她前呼后拥献殷勤的男人总是数不胜数。 而她的鼻孔总是抬得很高，并且，暗中加着千倍的小心，很怕落入某些勾引利用的圈套。 如今却这样巴巴地主动送上门来，可真是有些不好对自己的心解释了呢！

管他呢。 随他去吧！ 反正来也是来了，还费力解释它干什么？

拖着长头发的高个儿男人松泽挓挲着两只手，在枝子身边围前围后转了两转，明白自己也实在帮不上什么。 看来枝子对于今天的下厨是有过精心准备的，知道他这个单身汉的厨房里可能会七七八八不全，所有的素菜、荤菜备料都由她亲自从外面带来。 连烧菜用的油和醋等作料，也全被她准备到了。 甚至枝子还带来了围裙，柔软的白细棉布套头裙，腰间勒一根细带子，自上而下撒下一捧捧勿忘我小碎花。 绵软的白裙贴在她身上，正好勾勒出枝子腰条的纤细。 枝子的头发本来可以戴上与围裙配套的棉布帽，以免熏进油烟味儿。但她想了想，还是将帽子舍弃，将头发绾了几绾，然后向上用一枚鱼形的发卡松松一别，这样，她乌黑发亮的秀发就尽显在男人松泽的视野。

松泽盯着这个体态窈窕的女人，心里怦怦怦乱动了几动。 当然，他是艺术家。 艺术家面对美没有不动心的。 他和她一直都算得上是很亲密的朋友，亲密的最初原因是枝子出资帮他举办个人画展的成功。 从合作的愉快到亲密友好的交往，两人的关系大致上就是走的这样一个过程。 但是，再友好，他也不敢说劳她的大驾来给自己庆贺什么生日，尤其是没想到她还要亲自下厨。 这该是出乎意料且又让他承受不起的情分。

　　能有一个漂亮女人主动来家里给自己过生日，真是一个求之不得的美事情。 男人一方面惴惴，觉得女人枝子给他的面子太大了；一方面又稍嫌累赘，觉得整个夜晚在自己家里吃上一顿饭，太缺乏新意。 艺术家，总是爱好推陈出新。就在枝子下厨期间，就有三四个女孩子的电话打来，邀他出去派对。 他不得不柔声细语轻声回绝。 与待在家里传统地吃生日饭相比，当然卡拉 OK 包间或派对沙龙里搂搂抱抱地扭捏抚摸更能激发创造力。 但若从长远的角度看，比起跟那些小女崇拜者玩玩白相，跟女老板的关系处理好对他将来的用途更大一些。 男人在考虑问题时，往往从最实利的目的想。 所以他决定还是死心塌地留在家里与女老板亲近感情。

　　这样心里边一踏实下来，男人也就专注移情于厨房中的枝子身上，渐渐从忙而不乱的枝子身姿当中体味到另一种情致。 枝子的动作，熟练而静美，如一朵栀子花开放在氤氲的厨房香气中。 植物烹炒的香气中夹杂的成熟女人的体香，熏得男人松泽有些想入非非。 在不知道该从哪儿下嘴的情况下，他便懒散地一条腿以另一条腿为重心，倚在厨房门框上，一边静待时机，一边向忙碌的枝子身上乱抛多情的眼神。

　　枝子意识到了男人的注视，略微有些慌乱，不等春风吹绽，便先兀自欢颜，面若桃花有些气短。 她一面竖起耳朵，悉心倾听男人粗长的呼吸，一面竭力命令自己镇定，尽量掩饰住狂乱心跳，将身体动作恢复成正常。她所企望的，不就是这个男人的这样一种目光吗？如今已经等到了，那么她还紧张什么？这么想着，她手里切菜的动作就有了几分表演性质。

厨房不大，容不得两人同时在里面转身，只要一动，就势必会发生身体上某些部位的接触。所以他们就在各自位置站着，口里还要间或说上几句哼哼哈哈应酬话，身体里却不免都暗暗生出几分紧张。主要是男主人还没有拿捏好女老板的意图。松泽虽说已是风情老手，但在从来都很端庄的枝子面前，毕竟也是不敢造次，不知道她想要他做什么，要他做到什么程度。他还时时没有忘记她是投资人。所以他只是听之任之，一边散漫无际地调着情，一边还要暂时做出温文尔雅。这种孤男寡女同一屋檐独处的情境，终归还是需要有一些半真半假调情意味的。不然，艺术家就显得太不艺术，太寡淡无味了些。

而女人枝子也还没想好该如何开始。她也很希望能有一些情调，并且，最好由这情调本身给她一个循序渐进、顺理成章、水到渠成的过程。她倒是很希望示爱能由松泽一方主动开始。可一旦他真的主动了，说不定她反而会变得厌恶他，拒斥他。见他站在原地兀自不动，她不禁有些既希望又失望的心理。她看上他，经营他，是看中他的画风里的野气和灵活。后来单相思瞄上他，也是因为在相处过程里发现他已将这野气和灵活全然融合、发挥殆尽，在各种场合都圆熟，灵动，洒脱，很符合她眼里真正艺术家的气质。 她以为周围到处都是被文明过分文明化了的衰人，他的画里有未曾泯灭的人类远古的粗犷之气，还有与神明相通的灵性。 而这一切，正是她内心所深深需要的。

在女老板的得力赞助经营下，松泽果然就大获成功且声名远扬。 而她则以画推人，认为理所当然人如其画，画如其人。 她便因此而爱上了自己的经营品。

两个身体持久的紧张让他们都有些承受不住。 枝子在男人松泽的目光里已经汗流浃背。 假如还没有进一步的动作，却还要这样无谓地僵持下去，枝子的细腰简直就要绷断了。她不停地用眼角余光扫射着身旁男人，脸蛋儿烧得厉害，肢体以一种柔和的弧度微微向他倾斜过去，那种身段中分明表示着一丝丝鼓励、期盼和犹豫不决。 男人在承受温软的肉体倾斜过来的弯度同时也同样是犹疑不定、优柔寡断。 他的身体不易察觉地晃了两晃，终于什么也没有能够做得出来。

就这样又沉默了一会儿，枝子的手指在水盆里游动时漫不经心地挑起"哗哗"的水声，听起来略微显出了一点烦躁。 过分的紧张和犹疑终于把松泽自己调情的兴致破坏了，松泽说了一句"我去布置餐桌"，借机急忙把自己从厨房打发开。

枝子的身体这才有空隙松弛下来。 她抬起胳膊肘悄悄抹了一把头上的细汗。 松泽到客厅里叮里当啷地去放碗筷、摆酒，布置餐桌。 餐桌就由一个矮脚茶几临时串演。 画家的客厅里一切当然都不正规，几个绣着花儿的软垫子散乱地扔在手工绘绣的波斯地毯上，床铺比正常人的矮去半截，只由一层席梦思垫子铺在地上充当。 靠墙的一圈转角水牛皮沙发无比宽大，舒适，倒仿佛画家的一切日常活动都要在沙发里展开似的。

松泽把枝子买来的油蜜蜜的生日蛋糕摆在桌子中央。 巧克力奶油在灯下沁出浓浓的甜色，样子极其诱人。 松泽盯着蛋糕上的奶油想了几想，终究也没想出个子丑寅卯来。 到现在为止他的另一股情绪并没有得到完全的调动，行动中仍旧有一些惯常与枝子交往时候的应酬色彩。 "另一股情绪"当然就是他每每见到来为他献身的崇拜艺术的女孩子时的那种身体内部的骤然启动，那种非要把一个回合进行到底时的狂乱和野性。 说来也怪，他这样野气狂生的时候，竟然没有一次是不得逞的。

可现在他的身体里却分明缺乏这种感觉。 怎么回事？ 这究竟是怎么回事呢？ 松泽暗暗为自己的身体担忧。 他并不明了，一旦有了身份和功利的意念，一切就都不好玩了，连一点点肉体的冲动都不容易发生。 松泽坐下来开启酒瓶，同时也散漫地回眼向厨房打量了一眼。 玻璃厨门内的枝子似乎也已料到自己的身影会牵动男人的目光，于是，弯腰投臂的动作都尽力跟他欣赏的趣味相暗合，不慌不忙，舒缓有致。 光与影当中枝子的柔媚影像，正跟厨房的轮廓形成一个妥帖的默契。 那一道剪影仿佛是在说：我跟这个厨房是多么鱼水交融啊！ 厨房因了我这样一个女人才变得生动起来啊！

　　而松泽眼睛里却始终是莫衷一是的虚无。

　　太阳这时已经完全落下去了。 晚霞收起最后一轮艳丽，渐渐沉没于幽暗之中。 夜的幕布开启，一切的人与物转眼之间变得朦胧。 灶台上的累累成果现在被移到了餐桌上，香气淋漓，色泽也炫目。 紧张和等待了大半晌的松泽这会儿真感到体能被消耗得够呛，确实需要补充营养了。 可饥饿之后见到琳琅满目的这么一大桌子，却又有了几分惴惴和惶惶，愈发不知嘴从哪里下比较合适。 抬眼再望枝子，枝子这会儿已经面目一新地端坐在他对面，脉脉含情地抬头凝望他。 忙完了厨房里活计的枝子没忘了到卫生间里隆重地整修一下自己。 她在眼圈周围细心加过了眼影，这样眼中就愈发布满深情。 唇线也用唇笔淡描素抹过。 腮影要不要打上橘红呢？ 枝子思忖了一下，最后决定放弃。 等到进入接吻的实质性阶段时，满腮满脸的厮磨，粉影多了容易弄成一团花脸。

　　脸部修饰完毕，然后枝子又从手提袋里拿出一套真丝晚装，换下了身上进门来时穿的果绿色白领丽人套服。 套服太呆板，僵硬，笨手笨脚，不太使人容易介入，而丝绸可就相对有质感，也简捷轻快得多了。 这些都是为今晚的爱情特地准备的。 虽然烦琐，但在她满心都是甜蜜憧憬之时，她也并不觉得有什么费周折。

　　再从房里出来时，枝子就已经是黑色真丝长裙飘逸，身体上最值得称赞的部位——修长的脖颈和光洁的臂膊全都从领口和袖口裸露出来，它们在灯下泛起象牙色的皮肤光泽。而没有裸露出来的部位正包裹在丝绸的内部炫耀着它们的初始神秘，诱惑着艺术家修长的手指去一点一点开启。

松泽再怎么上不来情绪，也还是不免为枝子的这一身装扮眼皮跳了几跳。饱览美而后将其饱尝，本来就是他作为画家的特长。这时的松泽赶忙表示惊艳，表情夸张地一手扶杯，一手将握着倒酒的瓶子停在半空，眼含赞许地盯住枝子，仿佛喃喃自语地说："唔，我的上帝！真漂亮，你真漂亮！"

枝子有些激动，又不好意思流露，只很含蓄地说："谢谢。"说完便用眼光四下里斜了下，思忖着自己该落座哪儿。松泽正很舒服地陷落在沙发里，把住了桌子的一方。枝子此刻也很想陷到沙发里去坐，跟松泽并排紧挨着……那样就方便多了。枝子脸一红，暗中瞬时一转念：可那样是不是显得自己过分主动了呢？她又把眼光偷偷瞟向松泽。可恨松泽那家伙此时并不给她一个在身边坐下的台阶，他若是能拍拍身边的席位，再半开玩笑半正经地说上一句："此处正虚席以待。"那么她也就顺水推舟地坐下来了。可现在他除了假装惊艳，别的一点表示都不呈现。害得她只好溜溜地错过他的身边，绕到对面去，隔着一张桌子，带着好大的失望装出款款落座。毕竟，在一切正式开始之前，她不愿意将身份失得太轻率。

红葡萄酒在高脚杯子里幽幽地泛情。 顶灯、壁灯、落地灯都被男主人一盏一盏地熄掉，只留下烛台上几支红红的蜡烛灼灼闪烁。 隐藏进棚顶四角的音箱放送出柔柔的软歌。那是一种从鼻腔送出来的哼唱，绵绵无骨地含在一管萨克斯里头。 枝子姿态软软地给松泽一小块一小块切了生日蛋糕，将带有粉红色玫瑰花的那块儿送进了他的碟子，而自己只留一枚嫩绿色的奶油叶子。 祝福的话语一说就落入了俗套，远没有喝酒更能展示出新意。 枝子和松泽俩人就频频地碰杯，你一杯，我一杯，你再敬我一杯，我再还你一杯。 看架势好像都要成心把自己灌醉。

其实枝子才没想把自己灌醉，她只想借酒壮胆，把自己灌出几分将过程进行到底的勇气来。 松泽暂时还没有想到那么多，他一边不辜负枝子的手艺，大快朵颐，一边还要腾出嘴，抽空把枝子的手艺表扬。 那些称赞的话语落到枝子的耳垂儿上便款款粘住不下，湿乎乎的受用动听。 而枝子手中的筷子却难得一动。 一来是厨师从来就吃不下经自己手做出的美味佳肴，二来嘛，枝子的心思也完全不在这上头。 枝子的眼睛在酒的滋润下，酒汪汪，直勾勾地，几乎是目不转睛地盯着对面的松泽，瞧着他咀嚼时腮帮肌肉的漂亮滚动，看着他对女人说赞美话的时候口吐莲花，满头的艺术家长发一甩一甩的，还有他四十多岁男人刮得铁青的富含魅力的下巴。枝子真是看得又怜又爱，脸蛋儿烧得要起火，连眼珠儿都滋啦滋啦地要冒出火星子来。

这个时候的枝子就有些恨，有些爱，有些无奈，有些牙根儿发痒。她就只好又恨又无奈地猛往自己嗓子眼里灌酒。她不知道松泽对她是怎么感觉的，反正，是直到这会儿了他还没有动作。她想他至少应该是提议跳舞，或者是提议做点别的，发挥出这种场合他惯用的技巧和手段，找个恰当的方式，让亲密和爱意的身体接触有个自然而然的过渡和衔接，而不要显得太雄起和突兀。总不能就这样整个晚上待在一个位置彬彬有礼固定坐着吧？可他为什么不提议呢？难道这还要让我一个女人家来提议吗？

他还要让我怎么样呢？枝子想。该做的我都做了，我再也越不过我这个年纪的矜持和自尊。她想自己无法保持长久期待状态，得不到满足的期待是持续不下去的。

枝子就愈发独饮自斟，把自己喝得眼神和身态都酒汪汪的。

松泽没边没沿摇头晃脑夸赞了半天，稍一停顿下来时，才发觉耳朵里却只听见自己的话音，对面枝子连一点回声都没有。他赶忙伸手去给枝子斟酒，借这工夫用心往她脸上觑了一眼。却见枝子那里，正在拼命用她的眼神织网。枝子的眼神都快要不行了，温软黏稠，密密匝匝来来回回缠绕在他身上，直把他锁困在情意里头，只要他一挨上，就休想再挣得脱。松泽的心一软，身体一晃，酒就有点对不准杯子口，"哆"一下，一大半都洒到了酒杯外头。

枝子端起顺着杯沿儿滴酒的杯子，摇摇晃晃起身，说：

"来，我们为今晚干杯。"

松泽说："好，为今晚干杯。"

没等松泽的杯子递过去，枝子的杯子却直伸过来，摇摇欲坠地往他的酒杯上碰。却因为目标不准，杯子直探向他的怀中。松泽下意识伸手一搏，"噗"，一杯酒碰洒，全洒在他的 T 恤和裤子上。

枝子慌忙说声"对不起，对不起"，松泽说"没关系，没关系"，说完回身要找东西去擦。枝子忙说"我来，我来"，说着就晃晃地伸手把他拦住，又晃晃地起身，慢慢踅到厨房里，找来抹布和纸巾，欲替他擦拭身上的酒滴。她从厨房径直过到他的身旁，倚在沙发上，不等他客气拒绝，曲下身，半蹲半跪倚下去，伸手替他在裤子上擦。他就姿势艰难地曲在沙发上承受着。她现在已经跟他靠得这样近了，她的头发已经刮着了他的下巴，他们的身体也几乎完全要贴上，她已经闻到了他身上的体香和酒香。她这时在半晕半醒的脑子里划过一瞬间的迟疑和恍惚：要不要就势投到他的怀里去？

但是就在她这样稍一迟疑的时候，那个可以自然而然投怀送抱的两秒钟已倏忽而过。过了这个时间差，再想要投入进去就显得生硬、扭曲，动作之间的衔接就不紧密、不准确。

恋爱真是不可以用脑子的，只听凭本能去行动就行了。她想。恋爱的时候脑子真是多余啊。她想。她这样想着的时候心里边说不出有多么的沮丧，沮丧得简直就要流出眼泪来了。

还好，就在这当口，一双热乎乎的大手终于伸了出来，温情地顺势将她揽了过去。 再不将她揽过去，可就真有些说不过去了。 松泽想。 松泽就这样做了一个顺水人情，顺势揽过了枝子的腰，让她靠在他身上。 枝子听到了男人有力的心跳。 她将头紧紧贴在他前胸上，闭着眼，两行委屈的泪水顺着眼缝悄悄流出了一点，但她没有顾得上去擦。 她的身子这会儿全软了，软得一塌糊涂，什么也动不了。 直到这会儿她被男人搂进怀里，这才觉得所有的骨头立刻都酥化，所有的矜持的铠甲也都立即崩塌。 这会儿她想，她只想，我爱这个男人，我爱。 跟我爱的男人在一起，这就行了。 行了。

男人搂着一个没有骨头的酥软肉体，自身也不免迅速膨胀，酒和本能混杂在一块儿，热辣辣地开始发酵启动。 他用力抬起紧贴在他胸口的脸，急速地将嘴唇凑了上去。 她那滑得像缎子一样的皮肤，嘴唇在哪儿也站不住脚。 他忽然觉得有点咸，稍稍睁眼，推开了一点一看，女人流泪了。 泪水顺着鼻梁两侧往下流。 他忽然受了莫名的感动，重新将嘴唇贴上去，从眼睛一点一点地往下滑，先是吃干了她的泪，然后将吻落实到她的嘴唇。 开始她还有几分矜持，昏昏之中还知道把嘴唇结成一条线，不给他以进去的机会。 男人见状手段更加老到，一边吻着，一边用托在她后背上的手不停地抚摸，一直抚到她在他手掌里马上就要瘫成一汪水。 男人见火候已到，这才缓缓将她抱到沙发上，伸出满是触角的舌头，用力触探上去。 果然，女人一双滚烫的红唇，立刻蚌一样张开，她不假思索，一口贪婪吸住了他的舌头。

男人立刻就被火辣辣地舔了进去，任凭怎样也抽脱不出来。 这时他才晓得了她这一吸的厉害，不是温热，不是柔软，而是一股狠劲，一股不要命的劲，真是恨不能把他的整个生命都吸吮下去，恨不能立即吊在他这棵树上摇晃死。 男人领受不住，慌忙将身体稍微挪开，用力摇动出舌头，只剩舌尖在她的口里到处触碰，毛茸茸撩拨，却不敢在一处固定，不敢再让她有踏实吸附的感觉。

这样在肉体上用力调度她的同时，男人脑子里还在先惊后怕地想，不得了，真不得了，这个女人，不要命的女人，简直要把我玩死了。 松泽他曾跟无数个女人玩过这种把戏，十分知道吻与吻之间的区别，些微的差异都逃不过他舌尖上敏锐的触觉。 好玩好散的那些女人真是没有这个样子接吻的。 她们吻得非常轻飘，愉悦，吻得蜻蜓点水，心猿意马，风过水面打个呼哨就走了，接吻通常都是向床上靠拢的过门儿小调。 她们哪能像现在这个女人一样吻得沉重，死命，执意，奋不顾身，吊在他的舌头上，拼命想把他抓牢贴紧，生怕他跑掉了一般。 他忽然间心中一动：莫非她是很认真，真的是跟他动了真情？ 她今天的表现，好像有点不大对劲啊！她为他所做的一切，她的所有厨房语言，好像都在向他示意：她愿意做他这个厨房的女主人，她是做他这个房间女主人的最好人选……

　　一意识到这点，男人火烧着的身体"忽悠"就打了一个激灵，热度瞬间就冷了下来。　原来女人是认真了。　这会儿他忽然明白了女人今天不是来玩的，女人今天是来认真的。　女人今天来的目的性非常明确。　她想要的是结果。　她可不光玩情调，而是想要一个实实在在的结果。　从她的接吻态势上他就已经品味出来了。　她的那些厨房用语的艰苦卓绝，无不在表明一个实实在在真的心迹，直到这会儿他才把它破译出来。

　　男人突然间感到懊丧。　男人的这份懊丧一下子就灌满了他自己的周身，让他刚刚膨胀起来的身体很快就软化了。　真不好玩。　实在是不好玩。　他能领受假意，却要拒绝真情。　他不愿意有负担。　在这个人人都趋功近利的时代，谁还想着给自己上套，给自己找负担？　尤其是对于他一个艺术家来说，更不愿有任何形式的羁绊。　家庭责任也好，社会义务也罢，能躲的就躲，能逃的就逃，能推托的就推托。　他松泽卖画的税单，都是被逼无奈被税务部门找上门来才交的。　他难道还会在他事业最火爆的时候，去选择接受她，会把一个女人当老婆娶到屋子里来养吗？　那样的话他的自由和无羁还怎么体现？

　　谁说女人只是情感动物，比男人缺乏理性呢？　女人一旦目的起来，比男人一点也不傻，也不逊色。　关键是她选错了人，挑错了对象。　艺术家松泽他一点都不想有什么负担，一点都不想去对别人负责。 白玩可以，动真格的却不行。 她想依赖上他。 可他偏偏不是个愿意被依赖上的人。 他不愿意有负担。 男人跟女人的想法不一样，从根本上就不一样。若说假意嘛，他可是随便乱施得多了，还挺自在安全挺幸福的；若论真情的话，画家松泽除了对他自己，对他自己的名和利以外，对谁也没真情过。 他不怕玩，他就怕认真。 以假对假的玩，玩得心情愉快，彼此没有负担，同时毫无顾忌。 以真对假的玩，那就没法子玩了。 以真对真就更不能玩了。

但是他又不能猝然把这一场游戏结束，装作冷冰冰地拒绝。 得罪一位对他有用的女出资人，怎么说也划不来。 况且他一贯以怜香惜玉著称，在一位风姿绰约的女人面前也不能显得太缺乏风度。 再说，跟一个漂亮女人做一场稍微有一点危险的游戏，有什么不好？ 在悬崖边上玩，才会来得过瘾，比平常刺激。 再怎么说，他也不至于被她强奸成婚吧？

等到漫长的拥吻过去，女人感到心力衰竭，停止吸吮睁开眼睛时，见男人却口里噙着她的双唇在注视她。 两个人的脸离得这样近，以至于一瞬间都在彼此的眼里变形。 女人感到不好意思，急急避开他的打量，低下头，将脸埋在他的胸里。 男人就像理顺一只小狗一样抚摸揉搓着她的后背和头发。 她也就顺势连人带衣服蜷进他的怀里做小狗依人状。她闭上眼睛，默默享受着吻后余晕，觉得这心情总算有了着落，爱情也有了着落。 对女人枝子来说，能够进行到这一步是多么的不容易，不容易啊！ 她却哪里有暇猜想，这样的逢场作戏，男人松泽他究竟经历了多少。 作为一个男性艺术家，他跟周围那些崇拜他的女人滥情滥得简直都快要滥不起来了。

沉浸在自己一厢情愿爱情中的女人枝子并没心思去猜想这些。 沉浸在不惑爱情中的女人可真是了不得。 女人热情似火，稍微给她一点暗示就可以扑上来，又啃又咬，真正像只发情的猫。 男人沉着应付，以手指的圆熟技巧来对抗她的目的性，饶有兴味地应付着这场追逐。 一旦明晓了女人的目的性，男人的身体立即退了激情，但他的另一份兴致却被点燃起来。 现在他虽然置身其中，却又像抽身其外一样观看着一场情戏的上演，有点像一个把持全局的导演在陪练一个女演员。 他已将她的真情当作了好玩的事情。 他还很有兴致再看一看，再陪练陪练。 他发现自己倒也很能进入角色嘛！

男人松泽暗中就很有些为自己得意。

而女人千娇百媚，女人此刻正沦陷在激情里不能自拔。女人的脸蛋已经燃出了大火，非要把他和她自己焚成灰烬不可。 女人将红葡萄酒跟他一口一口嘴对着嘴含喝。 女人偎在他的怀里，将紫红的蛇果拦腰横切，又在每一半边上都细细刻出锯齿形的牙边，然后两人像小老鼠般将锯齿牙边一点一点地啃啮，咬到最后就是嘴唇跟嘴唇的合合，两片肉体贴在一起狂吻热舔。 女人的一切小把戏松泽都来者不拒，含情承受。 但是他从不主动往下探索，他的手只是隔着衣服揉捏着她的乳房，然后再摩挲在她的细腰上，尽情挑逗撩拨，接着他就停滞不前，绝不打探她那开衩很高的绸裙里面的内容，就仿佛他是真正的谦谦君子似的。

这样女人就不知是什么意思了。 她把自己频频地发动却得不到最终结果，女人简直都快要对自己失去最后的信心。 难道是自己的魅力不够吗？ 女人在焦灼之中困乏地想，只要他一暗示，一有要求，她就会给他的，毫无保留地全部给他。 她太想对这场爱情有一个切切实实的体认，太想要一个他和她定情的深入纪念。 但是男人却偏偏就不予以满足，让她更百倍地煎熬和难受。 情急之中她就更主动，更狂烈，更以丝绸的质感攀附缠绕在他身上，让他动作松懈不得。 他也就紧紧用嘴唇将她的唇吻胶住，手掌忙不迭地将她的身子把玩戏耍，极其愉快地观察着她表情的每一点变化，就像一个衔笛让蛇起舞的印度耍蛇者。

这样玩着闹着，几个大起大落下去，不知不觉，夜已经深了。 当女人又一次滚倒在他的怀中，沉醉于他中音共鸣区的声情并茂时，她却听得他咬着她的耳垂，以一种湿漉漉的舌音在耳边叮咛：“哎哎，你看，已经两点钟了。 我该送你回去了。”

女人一愣，像没听清似的，手臂从他脖子上掉下来，呆呆地仰起脸来看着他，两只盈满秋水的大眼睛里露出迷茫。回去？ 什么回去？ 为什么要回去？ 他这是什么意思？ 是在下逐客令吗？

　　女人的思绪半天没有回过神儿来。 她的自尊与自信受了格外的打击。 这是怎么回事？ 难道这个样子就算，完了？他这个态度表明的是什么？

　　可是她能说不走吗？ 她能说主动要求留下来过夜吗？那样她成什么了？

　　男人却根本不顾女人情绪的空顿，不由分说，起身离开她去衣橱里取外衣。 男人的这一动作果断，坚决，不容置疑，不容商量，仿佛在用他的形体语言提示她：他并无意于接纳她。 他已经玩够了，不想再继续玩下去。 他对她已经够负责的了，耐心陪了她一个晚上，且还让她保持囫囵的样子，并没有说对她始乱终弃或者多做别的什么。

　　女人看着眼前的一切，巨大的失落和自尊，让她的胸脯急遽起伏着，面部表情剧烈扭曲，半句话竟也说不出来。 但也就是那么简单的一刹那，她就立刻止住痉挛着的眼底肌肉，突然变得满脸盈笑，用手指撩了撩额前的长发，装作满不在乎的样子，极其大度极其平静地说："好吧，我先来帮你收拾一下碗筷。"说话的语调，就仿佛她已是情场老手，对于这样的逢场作戏已经司空见惯，仿佛她真的纯粹是为给他过这个生日，为他做一顿生日晚餐而来。 并且她还要做得善始善终。

　　不等男人阻拦，女人便大幅度地行动起来。 她的动作幅度很大，有些不正常的难以自抑的夸张，大声问这个东西该放哪儿，那个碟子该放哪儿。 她手脚麻利地将所有的东西都归拢好。 然后又进卫生间补了补脸上被接吻弄乱的晚妆。 接着她表情平静地出来，顺手拎起厨房地上的垃圾袋，对着厨房门口那个看得有些发怔的男人平静地说："走吧。"

树叶在夜风中哗哗响着，冷露提醒给人以无法遮掩的幽凉。 枝子不由在风里打了一个寒战。 男人讨好地上来，又殷勤地搂了搂她的肩膀。 枝子不说话，任他殷勤着，浑身木木的，一点感觉都没有。 进了车里，男人和她并排坐在后座上，车子一开动，他便无限温存地伸过手，将她搂靠在他的臂膊中。 枝子不拒绝，也不回应，仍旧是麻木的，任他这样毫无意义地搂着。 此时她才觉得一切都变得毫无意义。

车子悄无声息地在暗夜里滑行，滑得轻飘而又滞重。 偶尔能见前面的车尾灯划出几抹窒息人的暗红。 夜是干燥的。 夜根本就没有潮声。 她想。 到了楼门口，女人下车，男人也跟下来，假意跟她拥抱握别。 握别完了，男人又反身低头钻进出租车，跟着车子往来时的路上走。 女人目送着载着他的红色皇冠在夜幕中一点一点远去。 毕竟，他还不是个坏人。 她这样想。 她愿意尽量往好的方面想。 毕竟他还是有责任感的。 哪怕这责任感只是在他最后护送她回家的这短短的一程。 短短一程中的呵护和温暖，也足够她凭吊一生。

夜风猛劲地从楼门口吹了过来。 女人的头发又乱了，几丝长发贴到脸上来，遮住了她的双眼。 她抬手将发梢掠向脑后，无意间手指触到了脸上潮乎乎的东西。 她转回身，扭亮楼道里的廊灯，准备快速上搂。 刚一抬脚，一大包东西碰着

了她的腿。 她低头一看，原来是厨房里的那一袋垃圾。 直
到现在她还把它紧紧地提在手里。

　　眼泪，这时才顺着她的腮帮，无比汹涌地流了下来。

　　　　　　　一九九七年五月二十六日于北京双秀

解构与超越

—— 徐坤小说简论

吴义勤

　　徐坤的创作充分展示了一个学者型女作家的精神气质和个性特征。 从创作伊始，徐坤就以其特有的辛辣、机智幽默的批判笔调，肆无忌惮的游戏者形象，在二十世纪九十年代喧嚣躁动的时代舞台上一时风头无二。 中篇小说《白话》甫一发表，即引起文坛的广泛关注。 这篇描写知识分子下乡锻炼生活的小说所开启的知识分子批判向度，成为徐坤很长时期内文学创作孜孜不倦的内在追求。 随后的《先锋》《热狗》《斯人》《呓语》《鸟粪》《梵歌》等一系列小说皆承袭这一主题而来。 在这些对知识分子进行批判的小说中，徐坤充分调动各种表意策略，或寓言，或象征，或反讽，或戏仿，在语言的汪洋恣肆里，在一系列荒唐、怪诞的儒林景观的展示中，撕毁了知识分子的神秘面纱，消解了知识分子神话，进而对以知识分子为代表的精英文化、男权文化进行了无情的解构。 《白话》中，一群下放到基层锻炼的博士硕士在流于表面的锻炼形式中无法充分施展自己的才华，只能在膨胀的语言中胡侃、瞎闹、激动精神聊以自慰。 《先锋》中徐坤以颠覆的姿态，游戏的笔墨，通过对撒旦、鸭皮、屁特等先锋艺术家从辉煌、落寞到再辉煌的发展史的描写，完成了一次反先锋的先锋写作。 徐坤擅长捕捉错位而又生动的情境，在荒诞中寄寓反讽意蕴。

在这些犀利的调侃与反讽中，徐坤不刻意突出自身的女性意识，相反却以仿男性的视角所具有的僭越的自由，以及其知识分子"槛内人"的身份，在一幅幅荒诞的文化图景的描绘中撕毁了传统知识分子、精英文化、经典话语的神圣外衣。 同时，这些荒诞的可怜可笑又映照了对文化、知识分子角色的新定位，是对文化、知识分子在九十年代商品逻辑法则下不堪一击的嘲讽。 徐坤的消解与戏谑，规避了文化突围中进退维谷的尴尬，也在一定程度上限制了叙事的纵深发展。

从九十年代中期开始，徐坤创作中的性别关注渐次明显，突出表现在此一时期更多的女性角色进入创作视野。 都市女性的生存困境与精神世界，成为徐坤这一时期文学创作的主题。 《女娲》《厨房》《狗日的足球》《遭遇爱情》等作品在对女性情感经历的展示中，揭露了以男性、男权文化为代表的社会对女性的伤害。 《厨房》中的"女强人"枝子为了得到心中所爱，处心积虑地用厨房语言向男人示爱，最终却只得了一袋垃圾。 《狗日的足球》中青年女教师柳莺因未婚夫而痴迷上足球。 在追星的狂热中，在国人尤其女观众不自知的声声"国骂"里幡然醒悟到男权文化的霸权及集体

无意识对女性的伤害。 与早期描写知识分子的小说相比，此
一时期的批判由于沉淀着更多徐坤自身的情感经验和人生感
悟，因而语调平和，在对男性、男权文化的批判中也对男性
的不易给予了柔情的一瞥，同时对女性自身的弱点和缺陷也
不加掩饰。 但是，徐坤的同情和庇护并没有深入到女性的内
心隐秘，也没能够为失声的女性话语建立一席之地。

　　进入新世纪，精益求精的徐坤经过多年的笔耕，格局更
为扩大，手法更为圆熟。 一系列优秀的长篇小说和话剧相继
出版问世。 在《爱你两周半》《野草根》《八月狂想曲》等
作品中，徐坤积极关注变革社会中各层面的问题，关怀人的
生存处境，积极寻求男女共存的文化空间，寻求人与人之间
的和谐关系。

　　在九十年代文化颓败的语境中，徐坤叙事的广阔现实面
向表现出面对现实的极大勇气和开放姿态。 在徐坤的小说
中，社会发展的各方面，国家前途，改革层面，知识分子命
运；各种人物，洋博士、作家、诗人、画家、记者、教师、
球迷；各式场景，基层乡下、都市生活悉数登场。 在对现实
的处理上，徐坤摒弃了传统现实主义的典型化原则，直接将
自己的实际生活引入创作，在此基础上拼贴、戏仿，重新虚
构理想的超现实景观，表现出切入现实的直接性和传奇性。
从这方面来说，徐坤的叙事拥有无限的可能性。

　　应该看到，在反精英的精英文化突围中，徐坤运用仿男
性视角提供的极大自由，自由穿梭在主客体，能指与所指之

间，在颠覆与戏谑的游戏中，来完成对九十年代新语境的新定位。 在此过程中展现出的决绝和潇洒狂放，显示出勇猛的先锋姿态，也在一定程度上妨碍了情感表达的真切与细腻。徐坤在对女性命运的关注，对女性生存困境和精神世界的描写，在更为深入的女性个人经验的挖掘上，在展示更为深切的痛苦体验方面，与陈染、海男、林白等人的细密程度相比尚有更多的可开拓空间。 此外，徐坤在创作上惯用的线性叙事，不可避免地限制了时空转换的自由度，造成某种程度上情节的平面与松散，《先锋》和《游行》中的三个块面即是如此。 面向现实的言说如果辅以历史的纵深感与深邃的思想意识，徐坤的叙事将显得更为厚重和深切。

图书在版编目（CIP）数据

白话/徐坤著；吴义勤主编. —郑州：河南文艺出版社，2020.7
（百年中篇小说名家经典/何向阳总主编）
ISBN 978-7-5559-0948-4

Ⅰ.①白…　Ⅱ.①徐…②吴…　Ⅲ.①中篇小说-小说集-中国-
当代　Ⅳ.①I247.5

中国版本图书馆 CIP 数据核字（2020）第 097396 号

丛书策划	陈　杰　杨彦玲		
本书策划	王甲克	责任校对	梁　晓
责任编辑	王甲克	责任印制	陈少强
丛书统筹	李亚楠	书籍设计	书籍/设计/工坊 刘运来工作室

白话
BAIHUA

出版发行　河南文艺出版社
本社地址　郑州市郑东新区祥盛街 27 号 C 座 5 楼
邮政编码　450018
承印单位　河南瑞之光印刷股份有限公司
经销单位　新华书店
开　　本　787 毫米×1092 毫米　1/32
印　　张　6.25
字　　数　112 000
版　　次　2020 年 7 月第 1 版
印　　次　2020 年 7 月第 1 次印刷
定　　价　30.00 元

版权所有　盗版必究
图书如有印装错误，请寄回印厂调换。
印厂地址　河南省武陟县产业集聚区东区（詹店镇）泰安路
邮政编码　454950　　电话 0391-2527860